在座寫輕小說的各位，全都有病
12
手刀葉
圖・甜咖啡
樹先生，花開了呢

在座寫輕小說的各位，全都有病 12

目錄

第一章

柳天雲與失憶中的六位怪人成員

暴雨。

雷聲。

此刻天空被烏雲徹底染為墨色，暴雨與悶雷聲接連不斷。這場驟雨來得又快又急，挾帶著將整個世界淹沒的氣勢，隨著時間過去變得更加凶猛，彷彿永不止息。

不久之前，我被車輛逼得摔進人行道旁的水坑，這時道路的轉角處，碰巧出現一名少女。

透過天際閃過的電光，我看清對方的模樣。

銀白的長髮，嬌小的身材，可愛紅潤的臉蛋，以及腰間招牌的狐面墜飾……毫無疑問，這個人是幻櫻。

穿著洋裝的她，比記憶中任何一刻都更加優雅與從容，哪怕世界被籠罩在灰暗的大雨中，她撐傘緩步走來的身影，依舊無比耀眼。

隨著幻櫻的現身，觸景生情，腦海裡瞬間勾起無數回憶。那些回憶中，有因寫作而成為宿敵的執著，亦有在怪人社經歷的青春笑淚，更有生離死別前的淒苦……諸多想法組成的複雜感受，使我陷入長久的沉默中。

然而，此刻幻櫻在雨中朝我慢慢走來的這一幕——毫無疑問也將成為最深刻、令人無法忘懷的回憶之一。那是如願以償復活對方的欣慰，是努力終於獲得回報的感動。

……是啊。

幻櫻已經復活了，能夠回歸平凡而幸福的日常生活，能像這樣這樣自由地在雨中漫步，不用害怕因存在之力消散而死亡。

在許多不同的時間線裡，「過去的我」曾於幽暗中獨自慟哭、「現在的我」曾不顧一切踏上問心七橋、「未來的我」則不惜犧牲所有……那幾乎數之不盡的苦痛過往，都是為了換取眼前的這一幕。

眼前這一幕，是超越了自身極限、超越了時間線……也超越了生與死，才終於交換而來的奇蹟。

哪怕早已在電視上看過幻櫻的身影，但此刻親自與其相遇，我的眼淚依然止不住地落下。

……妳還活著。

光是意識到這點的瞬間，內心就被喜悅之情徹底充塞。

就在此時，幻櫻已經撐著傘靠近，她彎下腰，朝跌倒在地的我伸出手，露出關切的表情。

「你還好嗎？」

一句簡簡單單的問候，傳入我的耳中，卻比天邊接連不斷的悶雷還要更加響亮。

幻櫻維持著伸手朝向我的姿勢，這時候開口繼續追問。

「……受傷了嗎？如果只是站不起來的話，把手給我。」

她想幫助我站起。

可是，看見幻櫻遞出的手，我的內心卻慢慢沉了下去，墜入比雨水更加冰冷的黑暗中。

從幻櫻的語氣與表情推測，她也被文之宇宙的願力，剝奪了關於我的一切記憶。

……也就是說，對於現在的幻櫻來說，我只是個路過偶遇的陌生人。

……現在的她，是最顯眼的舞臺上發光發熱的輕小說家，而我卻只是個一事無成的殘廢。

……我已經不是以前的柳天雲了。就像我已經不是雛雪、風鈴、輝夜姬眼中可靠的學長、前輩、柳天雲大人那樣，現在的幻櫻已經變得很堅強很堅強，沒有再與我相遇的必要。

內心閃過許多念頭，緘默許久後，我沒有把手遞向幻櫻，而是慢慢爬起身，轉身一跛一跛地遠去。

「……？」

我能感受到幻櫻疑惑的視線，始終緊隨著我的背影。

越是在意那視線，步伐就越發侷促，不斷想遠離身後的少女。

——因為，弱小的原罪太過沉重。此刻我已經墮入黑暗，落入那一無所有的深淵中，不會再有翻身爬起的可能性。

失去寫作才能、文意、道心，我曾經倚仗的所有武器都已經被奪去。就像失去爪牙的野生動物那樣，在競爭殘酷的現實世界中，我已經一無所有。

但就在走出約兩百公尺後，背後忽然傳來輕快的腳步聲。

幻櫻撐著傘趕上來，走在我身旁，露出似笑非笑的招牌表情。

「你為什麼逃跑？感覺超可疑的。」

望著幻櫻的笑容，我不禁一怔。

……是啊，這個令人捉摸不透的笑容，也好久沒看見了。

「……」

然而，我並沒有回答幻櫻的問題，只是不斷加快腳步，想要甩開幻櫻。

但幻櫻由於體態輕盈，走路速度顯然比我快上許多，在這條漫長的人行道上，她始終緊隨在我身旁。

露出試探性的眼神，幻櫻上上下下地打量著我。

像是想到了什麼，她忽然開口說話。

「……喂，你認得我吧？」

指著自己白皙的臉蛋，幻櫻笑著開口。

「……!!」

「果然呢，聽到這句話你的瞳孔就開始收縮，被我猜中了？」

緊接著，保持微妙的笑容，幻櫻繼續說下去。

「……你應該也是因為認出我，所以才逃跑的吧？」

——!!

幻櫻接連拋出的疑問句，旁人乍聽之下只是三個普通問題，但落入我的心湖時，卻足以激起滔天大浪。

……從與幻櫻相遇到現在，我連一句話都沒有說出，但卻透過表情、動作，藉由蛛絲馬跡推斷一切，幻櫻卻像早已讀透結局的偵探那樣，每一個推論都正確無比。

或許說幻櫻是偵探也並不完全貼切，因為身為天才詐欺師的她，只是兼具相同的能力而已。

無論如何，我很清楚，隨著開口次數增多，被察覺破綻的機率也就更大。

所以我並不打算與幻櫻繼續相處，我只是對她搖搖頭，然後首次開口發言。

「……請不要跟著我，我只是覺得妳很眼熟，似乎在電視上見過而已。」

語畢，我將臉孔低下，藉著雨勢藏起心虛的表情。

我一跛一跛地前行，拚命想要遠離幻櫻。

那急切的姿態，已經狼狽到近乎逃跑。

已經知道幻櫻過得很好，我不想再多生事端。

可是，始終緊隨著我的幻櫻，卻忽然笑了。

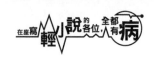

「嗯？可是人行道只有一條耶，人家本來就是往這個方向走的，你說我跟著你，這樣不是很奇怪嗎？」

我遲疑片刻，覺得幻櫻的發言確實有理，按照行走路線而言，像無頭蒼蠅那樣胡亂轉身逃跑的我才是理虧的一方。

想到這裡，於是我掉轉身軀，從幻櫻身旁擦過，想與她走相反的方向。

「……」

我走出三步。

走出五步。

可是，哪怕我已經朝相反的方向走去，身旁踩著水坑前進的腳步聲，依舊亦步亦趨地響起。

我一怔，轉過頭，發現幻櫻居然與我並肩而行。

發現這個事實後，哪怕以我的修養，也幾乎控制不住氣急敗壞的情緒。

「這次妳確實是在跟著我吧？」

「沒有吧，人家不是走在更前面嗎？你看，我比你領先半步。你怎麼能說前面的人『跟著你』呢？果然你這個人很奇怪。」

以理所當然的態度，幻櫻這麼回答。

我低頭一看，確實幻櫻每次腳步落下都比我快了半步，所以乍看之下雖然像兩人並肩，但幻櫻其實才是走在前面的人。

我再次語塞。

事情到了這個地步，我心一狠，乾脆右轉通過斑馬線穿越馬路。這次我很確信領先於幻櫻，而且這裡也不是她一開始要走的方向，如果她再跟上來的話，這次絕對無話可說。

但是，哪怕我已經穿越馬路，步入另一條人行道上，幻櫻的腳步聲依舊不斷傳來。我甚至能聽見狐面墜飾碰撞產生「喀啦喀啦」的響聲。

於是我霍地轉身，看向跟在身後的幻櫻。

她見我停步，也跟著停下，對我露出微笑，似乎在等待我的發言。

我很確信自己這次能問倒幻櫻，於是拖住自己的胳膊，哼了一聲。

「這次妳還有辦法否認嗎？我都已經穿過人行道了，妳卻也跟過來，答案很明顯了吧。」

這是我的「必殺・言語論破」。在偵探小說裡，就相當於人贓俱獲的場面，哪怕凶手再怎麼高明，也必須伏誅認罪。

只是，幻櫻的鎮定卻超乎想像。

即使已經見識我所謂的「必殺・言語論破」，她卻只是狡猾地望著我笑。

「你知道嗎？只有被追趕的動物，才會驚恐於背後的聲響是否來自獵人。」

撐著傘站在不遠處，幻櫻如是說。

「對，我是跟著你，但那又怎麼樣？人家有話想對你說，跟上來不是很正常嗎？」

聽到幻櫻的解釋，我一怔。

就像人贓俱獲的場面，偵探忽然發現凶手持有的贓物本來就是他自己的東西，所謂的贓物根本就不是「贓物」。那是跳脫了慣有思維，原先不應該存在的選項。

到了這時我也發覺，不管怎麼樣，幻櫻總是有話可說。

不管是哪一次的時間線，我過去與幻櫻進行言語上的交鋒，從來就沒有贏過。

哪怕是面對怪人社中那些不講理的怪人，因為彼此之間太過熟稔，我早已掌握她們的弱點，就算再怎麼爭執，她們也總是有破綻可尋。

但身為詐欺師的幻櫻，卻完美將自己的弱點藏起。

她也不著急，就只是一點點、一步步進逼，把節奏引導至想要的局面中。

我明明不想跟幻櫻說話，可是她一句「人家有話想對你說，跟上來不是很正常嗎？」就戳破我氣勢洶洶的提問，讓我感到一陣尷尬，連逃離戰場的機會都徹底失去。

豆大的雨點順著我的額頭淌下，最後流入我的眼中。

但我沒有眨眼，而是靜靜望著幻櫻。

先前與幻櫻相逢的瞬間，內心湧起的無盡感動並非虛假；然而，此刻幾乎沁透全身的悔恨之意，也是貨真價實。

……我很後悔，自己摔倒引起她的注意。

這樣的悔恨，來自於此刻的弱小與無力。

最終一戰結束後，已經過去許多時日。歷經長久的思考，我早已明白——自己會遭逢眾多霉運，大概並非偶然。

會落入現今的局面，多半是因為文之宇宙那無盡的願力，為了實現「眾人能夠幸福」這個願望，才將噩運加諸於我，進而平衡所謂的「願力之天秤」。

這就是無比現實，同時也無比公平的「等價交換」之法則。

也就是說，我已經不像以前那樣，可以將光明與溫暖帶給同伴了。

曾經，為了拯救已經死去的大家，我曾一度獲得寰宇無敵的強大勇氣。

然而，因拯救而生的勇氣，在願望實現後，也徹底失去存在的價值與意義。

現在形同廢人的我，只要知道曾經的夥伴，曾經的朋友，在世界上的某處過得很好，就已經心滿意足。

……這樣就足夠了。

是啊，這樣就足夠了。

所以，在察覺幻櫻想要接近我的意圖時，我才會不斷退縮。就像幻櫻口中被獵人追趕的獵物那樣，採取苟延殘喘的可悲行動，拚命想逃到誰也看不見的角落。

雨幕籠罩大地，我與幻櫻在沉默中彼此對視，這一刻時間彷彿被無止盡地拉長了。長到足以在我心中，燃起過往回憶的餘燼，只差些許，就要再次產生留戀的情緒。

但是我不能，不能再有留戀。已經殘缺不全的我，缺乏追尋夢想的資格。

最後……面對始終盯著我看的幻櫻，我緩緩閉目。

「……妳有什麼話要對我說？抱歉，我很忙，請長話短說。」

我刻意裝出極為冷淡的語氣，試圖封閉自己的內心。

可是，幻櫻的腳步聲卻在持續向我接近。

就在我睜開眼時，發現撐著傘的幻櫻已經湊到我的面前，讓我的身軀進入雨傘的遮蔽範圍。

因為傘並不大，我與幻櫻之間的距離，已經近到可以感受彼此的呼吸，甚至數清對方的眼睫毛根數。

幻櫻沉默片刻。

在兩人安靜對視的這瞬間，世間一切的音源，彷彿只剩下暴烈的雨點打在傘面上，所發出的「啪啪啪啪」聲響。

又過去幾秒鐘後，幻櫻的聲音終於響起。

「……果然呢。沒有雨水掩飾後，就看得更清楚了……」

幻櫻眨眨眼，接著她指向我的眼睛。

「你果然在流淚。明明素不相識，卻一見到我就哭泣，這是為什麼呢？」

聞言，驚訝的情緒猛然竄起。

這時我才明白幻櫻撐傘湊近的用意，我本來以為她只是好奇，卻原來是想撇除雨點的干擾，看清我是不是正在落淚。

很有可能，幻櫻之所以會緊隨著我，也是因落淚而起。幾乎無所不知的她，想不透為什麼會有陌生人望著她落淚。因為想明瞭藏在背後的真相，才如影隨形地追蹤我離去的步伐。

被清晰窺見自身情緒的此刻，幾乎難以掩飾驚訝，就連保持鎮定都顯得勉強。

「我……!!」

我感到侷促不安，急忙想要解釋，但才出口一個字，就感到話語哽在喉頭，竟然難以接續。

……因為面對幻櫻清澈的雙眼，一切想說出口的辯解，都會變得軟弱無力。

我能說什麼？謊話嗎？還是強詞奪理，試圖自圓其說？

……我明白的，明白這些對幻櫻都沒有用。

因為聰慧的幻櫻會看穿我的想法，用如同尖針般的敏銳言語，戳破一切的謊話與妄語。

「我……!!」

第二個「我」才剛出口，我就感受到臉上的肌肉即將不受控制，險些扭曲著臉再次掉下淚來。

我首先浮起的想法，是吃驚於自己的情緒會這麼快失去自主能力，幾乎是以潰堤之勢被擊垮。

然而，在內心最柔軟，此刻已經被封印的那一塊區域，卻又帶著渴望被拯救的明瞭。那是只有直面內心時才會響起……近乎於悲鳴，在層層疊疊封印之下，已經低不可聞的求救聲。

……是啊。

自從最終一戰後，已經度過了許多時日。

與文之宇宙進行「等價交換」，在失去一切後，我被極度的絕望所瀰漫，只能過著行屍走肉般的生活。哪怕身體在動，照常吃飯睡覺行走說話，我也明白，這些只不過是缺乏靈魂的機械式行為。

我也比誰都深刻瞭解，以自身被眾人所遺忘，陷入永遠的絕望做為代價——換來所有人能夠步向光明的未來，是多麼便宜的買賣與交易。

我也不能逃。當初以自身的痛苦做為基石堆砌而起，進而化為橋梁、化為大門，才能將所有人的希望接引而來。

可是，哪怕如此……

哪怕如此，在我的內心深處，依舊渴望著被人拯救。

「救……」

與幻櫻的對視大約持續了十秒鐘，也正因為無法抑制的悲意竄過，「救救我」這三個字……才會險些脫口而出。

簡簡單單的三個字，卻涵蓋無比複雜的哀慟。

「……」

然而，看著活生生站在眼前的幻櫻，我終究還是把話吞了回去。

因為我想到，就算說明了一切又如何呢？

在以一切羈絆交換願望的此刻，我已經從眾人的記憶裡被抹消。換句話說，包含幻櫻在內，在大家的眼裡，我只是個陌生人。

哪怕我絮絮叨叨地將前塵往事不斷提起，對於幻櫻等人來說，也只是記憶裡不曾存在的空白。

再者……現在的我，不過是失去一切的可憐蟲罷了。

是啊，她們現在就算靠著自己，也能過得很好。怪人社的大家，已經不像六校之戰那樣處於險境，不再需要我來拯救。她們已經能夠發光發熱，成為眾寫作者必須仰視的強大存在。

所以說，她們已經不需要我了。

所以說——

「——不要再跟上來了。」

我以苦澀的回絕，取代先前沒有出口的求救聲。

接著，我脫離幻櫻的雨傘範圍，轉過身慢慢走遠。

像是察覺了我話中的決然，又像是看出了我臨行前的苦澀之意，幻櫻在沉默中，腳步終於停下，不再跟來。

我看不見幻櫻的表情。

我只知道，在滂沱大雨中，我們兩人間的距離不斷拉遠、拉遠……

注視著灰暗的雨幕，我漸行漸遠，甚至缺乏再次回頭的勇氣。

第二章　零點一落魄一百

遭逢幻櫻後的第二天早晨。

出門上學前，我打開家門，先是仰望天空。

天空的顏色，依舊暗沉到令人心頭發悶。層層疊疊的抑鬱雲層中，時不時傳出悶雷的響聲，彷彿在宣告著隨時會下起足以淹沒世界的暴雨。

對我而言，真的下起雨來反倒還好。因為每當遭逢這種風雨欲來的陰沉天氣，我曾經斷折過的左腳傷處，就會開始隱隱作痛。

那疼痛並非令人難以忍耐，但隨著傷處一起湧起的回憶，卻酸楚到徹底沁透心扉。那是幾乎銘刻於靈魂深處，哪怕再怎麼刻意壓抑，夜深夢迴之際……也會悄悄浮起的複雜情感。

……會產生這樣的感受，原因也很簡單。

我的左腿，是在「最終一戰」裡斷折的。

曾經，因為付不出足夠的代價與「願力之天秤」交換所有人的性命，我一度嘗試將自身的性命做為籌碼而壓上。為了達成這樣的舉動，從高空落下摔在銀盤上的我，左腳留下終生傷殘的隱患。

而每當傷口開始作痛，也會無可避免地想起最終一戰……想起怪人社的夥伴們。想起曾經有一年，我與大家一起努力奮鬥，為了實現寫作上的理想而揮灑汗水。

那理想並不崇高，卻很沉重——僅僅是遵循生物本能，想要實現讓所有人都能繼續存活的祈求，如此而已。但因為敵人太過強大，一路走來艱辛無比，甚至到了後來，幾乎寸步難行。

在晶星人降臨的起初，那時的我帶著青春期特有的年少氣盛，卻背負著必須拯救所有人的重責大任。

而最初的我不夠堅強，無疑會被那樣的重責大任給壓垮……所以幻櫻才會現身，披著斗篷，顯露出那帽簷之下的真實情感，對我說出「你已經逃了兩年」這樣的話語。

幻櫻曾經的話語，拉回了處於迷途的我。

那之後，隨著在困難中不斷前行，在不知不覺之中，原先狹小的道路慢慢變得寬廣，獨自行走於黑暗中的旅人，也終於看見了光芒。

那光芒太過璀璨，徹底照亮原先黑暗的道路，也映出了一路走來……我身旁逐漸增多的夥伴。

先是幻櫻……再來是沁芷柔……接著是風鈴……後來輪到雛雪，最後是輝夜姬。由桓紫音老師帶領大家，所有人共同組建起名為「怪人社」的珍貴存在。

……坦白說，自幼以來，始終秉持獨行俠「獨善其身」原則的我，剛開始並不信任怪人社的存在。

但是，隨著與所有人並肩而行，在那風風雨雨中掩護彼此協力前進，我的想法慢慢產生改變。

「幾乎要在孤獨的海洋中溺死，哪怕這樣子的我……也有接近大家的資格嗎？」

這樣子的疑問，隨著時間冉冉流逝，怪人社其他社員們對我張開歡迎的雙臂，我原先孤寂的心房也慢慢被打開。誠摯的心意開始彼此擁抱，於寂寞的世界流浪多年後，我終於……也找到了屬於自己的棲身之所。

這樣子，能接納「真實的柳天雲」地方，很可能一輩子不會再出現。在這裡，我交到了朋友，領略了夥伴之間溫暖的情誼。

所以，我必須守護好不容易找到的避風港。

所以，我必須守護那溫暖的情誼。

我想要守護怪人社，想要保護大家，讓大家能在原先的道路上，繼續露出真心誠意的笑容。

為此，哪怕付出我的一切，將自身做為柴薪燃燒也無所謂。

為此，我在「最終一戰」中，與「願力之天秤」進行等價交換……選擇付出自己的寫作才能、道心，文意……以及與眾人之間的所有羈絆，來交換寶貴的願望。

如果想讓大家擁抱應有的幸福，這是必須的條件。

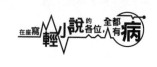

最終，我的目標達成了。

但現實且殘酷的等價交換，奪走了我的一切。我失去寫作能力，失去曾經的朋友，甚至失去重新成為獨行俠的資格，變得一無所有，墮入萬劫不復的深淵中。

也在真正墮入深淵後我才明白，在那幽暗不見天日的谷底，僅餘空洞的絕望……隨著時日流逝，那空洞的絕望感，也會逐漸化為揮之不去的苦痛，慢慢深入意識，將精神世界徹底浸染。

「……」

時光漫漫，被剝奪一切的我，唯一還能夠依靠的東西，只剩下來自過去的美好回憶。

像快要溺死的人那樣抓住救命稻草，依靠來自過去的懷思，貪婪地汲取未曾遺忘的美好……這是我能逃避現實的唯一手段。

可是，越是逃避，累積起來的苦與痛……在爆發時，態勢也越加驚人。

換句話說，我藉以麻痺自己的、所看見的，猶如泡泡上虛幻的倒影。哪怕映於其上的色彩再怎麼璀璨繽紛，也無法與現實產生真正的聯繫。

況且，越是逃避，當那以美夢構成的泡泡破滅時，藏於其中的殘酷現實……也將化為噬人的巨獸，讓執迷不悟的宿主備加品嘗痛苦。

然而，哪怕是飲鴆止渴，我也必須如此而為。

因為如果不沉浸於過去的美夢中，在失去一切的現在，恐怕我早已崩潰發狂。

「……」

注視著陰暗的天空，沉默許久後，我帶上玄關旁的傘，準備出門上學。

邁步走到街道上的同時，我再次抬頭。

這次我看向的不是雲層，也非天空，而是更高更遠的地方。

「這就是妳想看見的吧……晶星人女皇。」

一邊說，我不禁露出慘笑。

「徹底成為失去靈魂的行屍走肉，在無盡的悔恨與哀慟中度過餘生……正因為想見證這一幕，所以妳才沒有阻止我在『願力之天秤』許下的願望，進而鑄就現況的誕生。」

當初正是看穿了晶星人女皇殘虐的本性，在「最終之戰」必須許願的最後一刻，我才能以自身永遠的絕望做為契機，讓己身化為橋梁，化為大門，將所有人的希望接引而來。

怪物君當初夜觀星象，所得出的預言也正是這個意思。因為如此，我才會是預言中所謂的「希望之門」……

當初在「最終一戰」結束後，「文之宇宙」開始產生讓願望實現的效力。於那籠罩全宇宙、使願望逐漸實現的強烈白光中，晶星人女皇卻笑了。

雙眼如毒蛇般緊盯站在「願力之天秤」上的我，站在宇宙船頂端的晶星人女

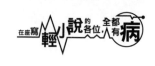

皇，她身旁跪著一地侍衛，獨屬於上位者的氣勢異常強烈。

「嘻哈哈哈哈哈……臭豬玀，好好享受你的絕望吧，死吧、死吧、會很想死吧？未來你肯定會生不如死吧？啊啊……啊啊啊……極端的絕望真的是太棒了、太棒了……」

一邊發出呻吟聲，晶星人女皇雙手捧住了自己的臉，像是在品嘗可口的美酒那樣，陶醉地暈紅了雙頰。

「啊啊……啊啊啊……真想趕快享受你的絕望表情啊，不過本女皇可是很忙的……下面那堆豬玀整天催促本女皇回母星處理國事……哎呀哎呀，該怎麼辦才好呢……畢竟距離遙遠，一來一回就要三百年這麼久呢……」

說到這，晶星人女皇像是忽然想起什麼，扭頭詢問旁邊半跪著的晶星人侍衛。

「對了……現實中，地球人可以活三百年這麼久嗎？我看過的輕小說裡……有些人類可以活幾千年，有些人類只能活一百年，似乎每個個體的壽命差異很大。」

那晶星人侍衛一怔，露出遲疑的表情，顯然他跟晶星人女皇一樣，對於地球人的生態並不是很瞭解。於是這名侍衛在告罪一聲後，趕緊吩咐身後的手下去請教學識淵博的人。

那名手下對於晶星人女皇的提問不敢怠慢，飛奔而去，很快求得答案回來。

「啟稟女皇，據七六四二三四博士所說，能夠活幾千年的人類是小說裡虛構的事蹟。在現實中，人類最多也只能活一百二十年左右而已，這還是壽命特長的極端個例。」

「什麼？最多只能活一百二十年？未免也太短了吧，晶星人至少也能活兩千年耶！難道說這就是下等生物的極限嗎？」

晶星人女皇皺眉，顯然對於地球人的「短壽」相當不滿。

就在這時候，宇宙船後方的內室裡，忽然有人推門走出。

那是一個穿著科學家白袍的男性晶星人，他戴著眼鏡，臉上有不少歲月留下的風霜，態度相當從容與沉靜。他走到離女王不遠處，恭敬地半跪在地，然後開口發言。

「女皇陛下，屬下有事稟報。」

「哦？」

晶星人女皇斜眼看向對方，露出冷笑。

「……你說有要事稟報？」

「是。」

穿著科學家白袍的男性晶星人冷靜地回答。

原本在聽說地球人短壽的消息後，因為一來一回要花三百年，地球人肯定會壽終正寢，這完全違背了女皇想看我痛苦一生的初衷。

因此，任誰都能看出女皇明顯情緒不佳，周圍跪了一地的晶星人侍衛們正是察覺到了這點，紛紛戰戰兢兢地低下頭，甚至不敢與女皇的目光相接，就怕成為情緒

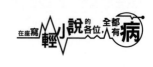

的發洩口。

……別人是畏之如蛇蠍。

可是，這個穿著科學家白袍的男性晶星人，居然與其他人做出完全相反的舉動，主動上前與晶星人女皇談話。

或許是這一點讓晶星人女皇有些訝異，她的眉毛微微挑起。

然而，生性殘暴易怒的晶星人女皇並沒有給對方好臉色看，她手一抬，伴隨一陣紅光閃過後，憑空變出了一條長滿玫瑰尖刺的紅色長鞭。

接著，晶星人女皇將紅色長鞭「啪」一聲地重重甩在科學家白袍男人的身旁甲板，那力道之恐怖，甚至令堅固的甲板上產生了些許裂痕，令人看得冷汗直冒。不難想像如果打中肉體，會造成何等傷勢。

先是動手威懾對方，晶星人女皇將紅色長鞭回拉，同時緩緩開口，直呼對方的姓名。

「……什麼事？七六四二三四？如果是無聊的話題，趁現在磕頭認錯的話，本女皇可以考慮只把你打到半死。」

晶星人女皇在憤怒時，語音反而更顯輕柔。大概從這話聲中記起了過往的恐怖，許多晶星人侍衛的身軀都開始顫抖。

但那名為七六四二三四的白袍男人沒有畏縮，他反而抬起了頭。

「啟稟女皇，屬下聽說女皇必須趕回母星，正為無法徹底見證在地球進行的『遊戲』感到遺憾。為了替女皇分憂解難，屬下想斗膽提出一個構思。」

「……哼。」

雖然哼了一聲，但這話顯然對晶星人女皇來說相當中聽，她臉色也緩和幾分。

於是晶星人女皇如此開口：

「……說下去。」

「是。屬下的發明『轉轉時光君』已經至完善階段，這個晶星人道具可以蒐集指定地球人的喜、怒、哀、樂，乃至發生過的一切事蹟，轉拍成影片紀錄並儲存下來，儲存的有效期限也遠超三百年。」

「……所以？」

「所以屬下斗膽，想提出用『轉轉時光君』做為媒介，記錄下那個名為『柳天雲』的地球人的一生。若是女皇您處理完國事，三百年後返回地球，也能夠好整以暇地觀看這個男人遭受的一切苦難。」

說到這，七六四二三四的話聲一頓。

「再說，屬下認為區區的地球人，沒有讓女皇於地球等待一百年左右，等到其壽終正寢的資格。利用晶星人道具記錄其一生，再於三百年後當作女皇您茶餘飯後的笑料，這才符合地球人卑微的身分。」

「……」

晶星人女皇如毒蛇般盯著七六四二三四，像是在斟酌著對方的提議，如此許久。

「七六四二三四，你對於自己的機器有多少把握？萬一事情沒有做好……你知道後果的。」

終於，晶星人女皇提出質詢。

「百分之百。」

七六四二三四迅速回應。

在那之後，晶星人女皇露出思考的表情，她看看七六四二三四，又看看我。

最後，晶星人女皇朝我露出嗜虐的笑意。

「……是嗎？是這樣啊……」

「確實如此……哪怕是為了欣賞地球人的苦痛取樂，要本女皇在這個破爛星球等待上百年，也不符合本女皇的高貴。本女皇應該享受的是下人精心統整過後的成品，而非事事勞心費神。」

晶星人女皇說到這，手一抬，隨著紅光閃動，收起了紅色長鞭。

對著我冷眼望來，晶星人女皇如此開口。

「這樣吧……三百年後，本女皇會再來。柳天雲，到了那時，想必你已經老死了吧。但你不必因此感到落寞，因為本女皇會快樂地欣賞你死前所走過的痛苦人生……一點一滴……一絲一毫都不放過，把每一個細節都收入眼中——徹底把下等地球人能發揮出的價值利用殆盡!!」

「柳天雲，有一天你會後悔的。為了逞英雄的事蹟留下悔恨……思及過往的愚行感到憤懣——你會因憎恨人生的不幸，在『願力之天秤』的影響下痛苦哀號，等著吧，你等著吧……本女皇的話不會有錯的……嘎哈哈哈～～哈哈哈哈哈哈～～～～～」

一邊發出殘酷的大笑，晶星人女皇轉身離去，原先跪了一地的晶星人侍衛們也趕緊跟上。

而在此時，我與文之宇宙等價交換造成的願力，也即將開始生效。

偌大的文之宇宙，此刻被皎潔的白光充塞，幾乎刺得人睜不開眼。

就在那強烈的願力白光中，我感受到自己的身軀受到一股隱隱的吸力拉扯，那吸力彷彿能使我瞬間跨越無數距離，帶著我傳送回到地球。

當初在「最終一戰」結束後，於昏沉中經過不知道多久，當我醒轉時，已經躺在某間大醫院裡。

文之宇宙的願力果然實現了我的願望，並將我傳送回地球。但相對地也取走了我的寫作才能等物，以及與眾人之間的羈絆。

而且文之宇宙並沒有治好我在「最終一戰」裡左腳骨折的傷勢，於是我在醫院裡休養了一個月，腳上打滿了鋼釘，才終於能拄著拐杖開始復健。

據醫生所說，我的腳因為骨折的幅度太過嚴重，已經沒有徹底康復的可能性。能在復健後跛著腳行走，已經是現代醫療能盡到的最大努力。

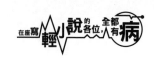

對於這樣子的說明，我沉默許久後，點頭接受了這個事實。

「……」

因為憶起很多過去的事，思緒開始有些紊亂。

「這是第三十次想起這件事了？還是第四十次？我總是會不斷回想起『文之宇宙』的願力生效後的那些事，這是為什麼啊……」

想到這，我忍不住露出自嘲的笑。

這自嘲裡倒是無奈的成分居多，因為這種自言自語的詢問，其實我的內心深處，早已知曉答案。

獨處的人，總是慣於回憶過往。

哪怕明知沉溺於虛無的記憶裡只會徒增悲傷，內心仍然會不斷向虛無靠攏，試圖於虛假的夢境內，再次接近無比重視的眷戀之物。

然而，就像水中撈月那樣，如果試圖撈起不存在於現實的幻影，哪怕再怎麼拚命與努力，終究也只能將心湖攪得紛亂，使內心深處變得混濁不堪。

……我明白的。

我比誰都明白這點。

但是，即使如此，過往的回憶依然時不時湧上腦海，那是近乎於本能的求救與悲鳴。就像人類如果即將摔落懸崖，在這一刻本能會壓制一切理智，看見一根草、一粒沙都會伸手去抓，試圖從絕望的深淵中逃離。

思及此，我忍不住露出慘笑。

到頭來，我與其他人也是相同的。只能從來自過往的懷思裡，追求不切實際的悲願。

拖著沉重的腳步，我朝著學校的方向繼續前行。

我推開教室大門。

在早自習時間前的空檔，已經到校的同學們，有些在溫習課業，有些在吃早餐，但更多卻是在開心地談笑。

因為「六校之戰」那一年的空白，所有人都留級重新就讀高二。這個年紀的學生有很多話題可以談論。從昨晚的綜藝節目，到最近流行的歌曲與明星，又或是某某班的男生向某某班的女生告白之類的八卦……話題之廣，幾乎是無所不包。

在我進入教室後，周遭響成一片的話聲中，又多出許多女生的竊竊私語。

（……看，那個跛腳吊車尾來了。）

（……他似乎各方面成績都不行，我們學校好歹也是排名靠前的升學高中，為什麼這種人能進入這裡？）

（……聽說他以前成績還不錯，難道說之前都是作弊嗎？真是卑鄙小人！）

那些女生的竊竊私語，有些我聽見了，有些則是難以聽清。但我沒有做出任何回應，始終保持沉默，坐到靠窗的角落位置上，開始整理書本。

聽話聲，我可以辨認出那些說我壞話的女生是誰。雖然對她們的認知並不深刻，但在「最終一戰」的那一年裡，她們也都是圍繞著我喊「柳天雲大人」的追隨者之一。

至今，我依然可以清晰地記起……曾經她們望著我時，那閃閃發亮的崇拜眼神。現在她們失去了那段記憶，我也失去了存身於世的資本。但是受到這樣子的嘲笑與奚落，比起應該湧起的悲意……更多的，卻是不被他人理解的落寞。

沉默片刻後，坐在位置上的我，看向窗外。

窗外，視線所能眺望的極處，也不再是以前的海景，而是繁華的城市樣貌。密密麻麻的上班人潮與車輛，錯落成排的民房，與如人體血管般蜿蜒來去的街道，這個城市的早晨，給人一如往常的匆忙感受。

比起在「六校之戰」度過的那一年，返回人類社會後，校園之外能夠涉足的領土，自然大上了許多倍，自由程度也高上許多。不再有必須定期與其他學校決戰的限制，也不再有一年之期的死亡危機。

現在能夠隨時得知外界的消息，移動範圍不再限於海島，甚至隨時可以去遠處旅行呼吸自由的空氣……然而，此刻的我，卻比過去任何一刻都備感孤獨。

「……」

很快，上課鐘響進入早自習時間。

雖然班導師還沒抵達教室，不過大多數學生都相當自覺地拿出書本開始溫習功課，教室裡很快安靜下來。與無憂無慮的一年級不同，快要面臨升學壓力的考生們，或許都是這樣的情況吧。

不過凡事都有例外。

有兩名學生，在鐘響之後才推開教室大門姍姍來遲，在高聲談笑的同時，走到自己位置上坐下。

「──你還記得上次那個老頭，看到我們扔菸蒂在他家庭院之後露出的表情嗎？真是笑死人了，露出可怕的表情一邊追了上來，揮舞著掃把大叫著『小鬼──』什麼的，氣勢雖然很足，但腳步卻像烏龜一樣緩慢，根本不可能追上我們吧？」

一名校服亂穿、把頭髮染成暗沉金色的金髮小混混，他把書包隨意甩在靠近走廊的角落座位之後，雙腳跨在桌上，一副神氣活現的模樣。

金髮小混混與同伴交談的嗓音相當宏亮，似乎在故意朝所有人炫耀自己的事蹟。

「說得沒錯說得沒錯!!」

而察覺前者的用意──金髮小混混的跟班，也識相地開口附和。

他們的談笑聲，已經吵鬧到近乎喧譁。

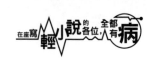

班上有許多打算認真準備學業的準考生們，看了他們一眼，但卻沒有人敢開口說話，紛紛轉開頭去。

「……」

會產生這種情況，也是理所當然。

恍若現實社會的縮影——在學校的班級裡，人群也會分出上下等級。而像金髮小混混與跟班，藉著張牙舞爪的外在來武裝自己，屬於「不能招惹的強勢對象」，是班級階層金字塔的最頂層。

實話實說，在C高中內，這兩人能夠進入就讀才是真正的藉助外力。他們對此也不怎麼低調，曾經好幾次在眾目睽睽之下誇耀當初在升學考試中作弊的事蹟，但因為他們兩人氣焰太過囂張，出於「不想得罪這種人」的心態，班上其他人聽完之後往往沉默不語。

對於這兩人，我的印象倒是相當深刻。

在「六校之戰」的那一年裡，他們兩人在我封筆復出的衰弱期，率先跳出來質疑我的實力，到處宣言柳天雲只不過是沽名釣譽之輩，是個毫無用處的廢物。

但是隨著「六校之戰」的時日流逝，我的道心逐漸恢復，掌握大多數人不具備的強大，一再橫掃外校，實力近乎所向無敵，徹底證明自己後——這時金髮小混混與跟班的態度又產生了變化。一反過去的敵視，兩人像哈巴狗一樣湊了上來，甚至在畢業旅行裡，還提議要我成為「C高中的王」，而他們則會成為我的臣民，不過被我否決了。

很顯然，這兩人缺乏真正的主見，只是隨風搖擺的牆頭草罷了。

他們所有擁有的，不過是為了掩飾弱小的虛張聲勢。

然而，這樣子的人，因為那乍看之下難以招惹的外在表現，往往大多數人會選擇退讓，不與他們產生衝突。依舊把腳跨在桌面上，金髮小混混的雙手枕在腦後，他的說話聲音，響遍原本安靜的早自習時間。

「……對了，話說回來，你知道近日C高中最出鋒頭的是哪些人嗎？」

「我知道我知道，是風鈴、幻櫻、雛雪、沁芷柔、輝夜姬那些怪人社成員對吧！」

跟班迅速回答。

金髮小混混「嗯」了一聲，維持雙手枕在後腦的動作，抬頭看向天花板。

他裝模作樣地嘆了口氣，並且繼續發言。

「啊啊……那些傢伙真好吶——在短短的時間內，就成為享譽全國的大作家，名利雙收。聽說她們不光舉辦規模盛大的簽名會，就連合租的住處都是月租昂貴的豪華宅邸，對於我們這種只能以2LDK（註1）為目標的凡人來說，只能羨慕地遠望

註1　2LDK，住處的配置是兩室一廳一廚房。

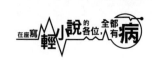

她們吧？畢竟她們已經是『名人』了嘛!!」

說到「名人」這兩個字時，金髮小混混怪腔怪調地加重語音，酸溜溜的態度溢於言表。

此時跟班也模仿著金髮小混混的腔調，跟著應聲。

「說得沒錯說得沒錯！聽說她們還上過《神奇大發現》的節目採訪！是那個已經在V臺播映了三十年的《神奇大發現》喔！」

金髮小混混聽了跟班的話，用鼻孔噴氣，不屑地哼了一聲。

「是啊，就算她們是出名的輕小說家，這行為未免也太張揚了吧？」

「說得對說得對！」

一再得到跟班的大力贊同，顯然膨脹了金髮小混混的自信。

此時金髮小混混環顧教室，幾乎所有人都在安靜讀書的環境裡，卻沒有人敢出面制止他們高談闊論，這也讓他露出虛榮心得到滿足的笑容。

於是，他越說越起勁。

「而且，大家不覺得奇怪嗎？」

更加了提高音量，金髮小混混的交談目標已經轉變，從跟班變成了「教室裡的大家」。

「那些人……風鈴、幻櫻、雛雪、沁芷柔、輝夜姬這幾位名人，剛在寫作界出道就蔚為話題，推出的輕小說更是引起搶購風潮，甚至連雛雪都被譽為多年難得一見的厲害插畫家，嘿嘿……未免也太引人注目了吧！

「我知道她們應該有一點點實力啦，畢竟她們曾經在『六校之戰』裡代表C高中出戰……啊……對象是你們果然可以順利講出口，不會受限呢……」

「六校之戰」結束後，晶星人以某種高科技封鎖了學生們的傳達能力。但因為在場的所有人都是「六校之戰」的知情者，所以不在受限的範圍內，使金髮小混混得以順利提及過去的事。

金髮小混混繼續剛剛的話題，如是說道：

「……我知道她們應該有一點點實力啦，但是呢……不覺得她們崛起的速度實在太快嗎？要知道，她們幾位出書後，對手就不止是學生了，也必須與出道多年的作家們競爭……在這樣的前提下，真的有可能這麼快走紅嗎？」

我原本只是默默聽著，但在聽到金髮小混混用「有一點實力」來形容沁芷柔她們時，先是一怔，接著不敢置信地看向了金髮小混混。

有一點點實力？在「六校之戰」的那一年裡，沁芷柔她們拚了命的修煉輕小說，將所有的辛酸與淚水都默默吞入腹中，不惜任何代價也想要拯救所有人。對於一直以來努力到現在的她們……你居然冠上如此輕蔑的形容詞？

長久以來，我除了悲傷與落寞之外——再也無法感受其他情緒的空洞內心，此時忽然升騰起久違的憤怒情緒。

但是那情緒才剛剛竄起，這時候，伴隨著「喀啦」的聲響，教室的前門忽然被人拉開。

拉開教室前門的人，是一個戴著眼鏡的瘦削男生。

「啊、抱歉，打擾了……我是隔壁班的班長，想向你們班借教學用的放映機。」

他推了推自己的眼鏡，對教室裡的所有人這麼說。

這個人的長相我十分熟悉，先前我前往書店打算購買風鈴的輕小說新作時，正是這個眼鏡男，奪走我手上的輕小說，宣稱我沒有資格觸碰風鈴的作品。

「……」

至今，眼鏡男在書店裡露出的高傲臉孔，依然歷歷在目。

「你是隔壁班那個跛腳吊車尾對吧？聽說你連最基本的文字閱讀理解都辦不到……你真的識字嗎？還有不准再用你的髒手碰風鈴大人的作品，我可是打算追隨風鈴大人投稿的。

「跛腳吊車尾，給我聽好了，當初連桓紫音老師……你知道這個人是誰嗎？就是以前教導風鈴大人她們的恩師兼現任編輯，當初連桓紫音老師都曾經看過我寫的作品，而且不只一篇，大概有三篇吧？你知道這有多厲害嗎？這就代表我也有可能投稿出道，成為厲害的輕小說家!!就連B高中的小秀策也是我的朋友，他雖然還沒出道不過也是很厲害的天才，小秀策說過我的文章勉強還可以，要知道對於一般人來說，這已經是至高無上的稱讚!!

「啊……對你說這些也是白費功夫，我寫過的小說大概比你看過的字還多，像你這種笨蛋，根本不曉得寫作有多辛苦。

「如果已經明白的話，就快點從這裡滾出去吧!!放滿諸位大人們作品的聖殿，不是你這種跛腳文盲可以玷汙的地方!!」

完全不留情面。

可謂字字誅心。

這樣子的眼鏡男，他走進我們的教室，在講臺旁蹲下，就在他打算抱起放映機離開時——

原先就一直在高談闊論的金髮小混混，發表的言論傳入眼鏡男的耳裡。

金髮小混混甚至懶得理會眼鏡男的存在，他只是轉過頭，與跟班興高采烈地閒談，繼續他們剛才的話題。

「……所以說，風鈴、幻櫻、雛雪、沁芷柔、輝夜姬，那些輕小說家能用這麼快的速度走紅，大概是靠了某些小手段吧。啊啊……真好吶，好羨慕啊，如果我們靠相同的手段上位，大概隨便寫寫也能成為當紅作家？哈哈哈……」

「沒錯沒錯！」

跟班再次回應。我也早已聽出，用同樣的話回應兩次，大概是這個人的口頭禪。

得到手下的贊同，金髮小混混笑了幾聲，然後又繼續開口。

「不過，小手段也分很多種類吧？你覺得會是哪些手段呢？嗯——？」

像是說相聲等人接話那樣，金髮小混混刻意裝腔作勢把話聲延長，而跟班也不負他的期待，立刻搭以合適的回覆。

「是什麼呢是什麼呢？」

跟班回答。

金髮小混混露出下流的笑容。

他把雙手在胸口一托，擺出托住東西的姿勢，然後才接著說下去。

「……其他人姑且不論，但沁芷柔和風鈴的胸部看起來又大又軟，臉蛋也長得漂亮，肯定是靠美色來誘惑出版社上面的人，藉此獲得利益吧？哈哈哈哈哈～～真好啊，真好吶——要是我也能摸上一把就好了——」

金髮小混混的話聲宏亮，他的話聲足以響遍整間教室，當然也傳入了眼鏡男的耳裡。

原本抱著放映機正要離開的眼鏡男，在聽到金髮小混混對於風鈴的評論後，瞳孔瞬間凝縮。

曾經稱呼風鈴為「風鈴大人」，對風鈴無比敬佩的眼鏡男，此時朝著金髮小混混看去，表情變得難看起來。

或許是眼鏡男忽然駐足的動作引起注意，也可能是眼鏡男的眼神激起某種警戒，原本在與跟班談笑的金髮小混混，察覺到了對方臉色不善地看向自己，於是表情凶狠地回望。

「……啊？你小子有事嗎？竟敢這樣瞪我？」

金髮小混混大概是感受到了威脅，他表情變得猙獰，將跨在桌上的腳收回，整個身體前傾，以氣焰張狂的態度發言恫嚇。

眼鏡男與其對視，氣勢很快被壓倒，表情轉為恐懼，最後視線慢慢飄開，灰溜溜地想要轉身離去。

在班上，原本有許多風鈴和沁芷柔的親衛隊成員，可是面對班級階層金字塔最上層的金髮小混混，他們此時也都失去反抗的勇氣，全都裝作沒聽見。

對於這樣子的現象，金髮小混混露出滿意的表情。一直以來，靠著惡意攻擊別人來彰顯自身的強大，就是他確認、鞏固在班上地位的方式。

眼看幾乎班上所有人都默許了他的猖狂，金髮小混混笑得眼睛都瞇了起來，乘勝追擊地說道：

「所以說，那些女的其實根本不是多厲害的輕小說家，實際上不過是胸大無腦，出賣身體換取榮耀的婊——」

「……!!」

——**砰!!**

手掌用力拍擊桌面的聲音，在整間教室裡猛然炸起。那聲音無比清脆與響亮，中斷了金髮小混混的聲音，也瞬間吸引了班上所有人的注意力。

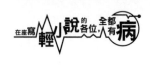

「給我住口！」

伴隨拍擊桌面的聲音，同時猛然響起的是憤怒的喝聲。

——!!

「————！！！！」

所有人的視線，順著那拍桌子的聲響，那一句憤怒的「給我住口！」的聲音來源看去，最後視線停在教室角落裡。

——他們注視的目標，是我。

此時，我已經順著剛剛拍桌的力道站起身來。

幾乎要氣炸胸膛的巨大憤怒，使我剛剛不顧一切地出聲怒喝。

在看清發言抗議的人是我之後，金髮小混混、跟班、眼鏡男……甚至是班上其他所有人，每一對眼眸中，都滿映著無法置信。

有許多人眼中的無法置信，甚至慢慢轉為了震驚，嘴巴大張，始終無法合攏。

……他們之所以震驚，局面會產生這樣子的變化，其實原因也很簡單。

……他們眼中的我，不應該做出這種舉動。

或許是「願力之天秤」的代價使然，自從「最終一戰」結束後，我的霉運始終沒有停止過。

一直以來，因為跛腳的傷殘，與吊車尾的課業成績，我常常遭到其他人的冷言冷語與嘲笑。可是面對世間一切惡意，我都只是沉默，從來都沒有為自己說過一句辯解。這也使我越來越孤僻，在班上幾乎成為了透明人，被所有小團體拒於情感圈之外。

然而，就是這樣子的我……身為透明人的我……被拒於情感圈之外的我，理應是班級金字塔階層裡最卑微的存在，卻於此時拍桌怒喝，站了起來，對抗所有人都畏懼的金髮小混混——以最弱之身迎擊最強，挑戰他們眼中的「金字塔階級頂層」。

一記拍桌，一聲「給我住口」，不光顛覆他們對於強弱價值觀的認知，也沖垮了他們對於班級階層金字塔的既定印象——所以他們才會感到無法置信，所以才會升起不能釋懷的震驚。

「你……」

因為太過意外，金髮小混混看著已經站起來的我，迎著我的憤怒目光，他第一時間先是目瞪口呆。

過去幾秒鐘後，發言被人駁斥的不滿才襲上他的心頭。如同所有自認為是「上位者」的人存在會採取的行動——金髮小混混一腳踢開椅子，情緒充滿不爽地站起。

跟班也學著他的動作，踢開椅子站起。

接著，他們兩人像流氓一樣雙手插在口袋裡，歪斜著步伐向我走來。

很顯然，他們想要維持自己在班上的地位，所以要仗著武力排除異己，逼迫膽敢出聲駁斥的人順從。

走到我的桌子前方，金髮小混混把手按在桌上，他扭曲著表情，惡狠狠地開口發言。

「怎麼樣？你有意見嗎？啊？」

我們兩人站著，彼此對視。

沉默片刻後，我緩緩開口。

「……給我收回你剛剛的發言。」

金髮小混混聽了我的回答，情緒變得更是激動，五官醜惡到幾乎扭曲。

「難道我有說錯嗎？她們肯定是用了某種卑鄙的手段才上位的！否則我也向她們所在的出版社投稿了，為什麼出版社不錄取我！」

在惱怒之下，金髮小混混的語速越來越快。

「明明都是經歷了『六校之戰』的生還者，都是練習一年寫作，彼此之間的差距不可能這麼大——所以，我應該也要被出版社捧高走紅才對！現在回想起來，在『六校之戰』那一年，也是桓紫音老師力保她們擔任C高中的選手出戰，之後那些人就一直躲在社團裡修煉，根本沒人知道她們有多強吧？說不定那些怪人社的成員，根本就沒有多少實力，只是仗著名氣一直蒙混欺騙大家而已！」

在金髮小混混發言時，他的跟班因為無法找到合適的時機開口贊同，只能在一旁雙手盤胸不斷點頭，在旁邊為他助威。

然而，這一切在我聽來，只不過是拙劣的藉口罷了。

「你有看過她們出版的輕小說嗎……？」

我如此發問。

金髮小混混一聽，臉色迅速漲紅，這次他遲疑了許久，才終於出口發言。

「雖、雖然我沒有看過她們的輕小說，但怪人社的那些成員……不管是哪一位都是模特兒等級的美人，擁有這種得天獨厚的優勢，她們不可能不利用吧？所、所以沒錯！她們肯定是靠美色上位的，不需要付出任何努力，大概連我都不如!!我也想出名，我也想成為眾人的焦點，憑什麼偏偏好處都被她們全部占盡!!」

「說得沒……」

金髮小混混的大段發言終於告一段落，跟班似乎終於找到機會，正要急忙附和時，話聲卻戛然而止。

……原因無他。

「胡說八道!!」

回以幾乎響遍整層樓的巨大吼聲，我雙手抓住金髮小混混的制服前襟，將他整個人的身體往前拉扯。

逼視著對方的臉孔，我將足以轟鳴耳膜的聲量，不斷朝對方耳邊炸響。

「靠著美色上位？不需要付出任何努力？你懂什麼……你究竟懂些什麼——!!」

因為持續發出劇烈的大吼，聲帶處傳來輕微撕裂的痛楚。但那痛楚被此刻的我徹底無視。

幻櫻、風鈴、沁芷柔、輝夜姬……回思起往昔的夥伴所付出的努力，我的眼前，慢慢閃過一幕幕過去的場景。

我看見了……曾經的風鈴，因為在B高中的小秀策來襲一役，因為無法以輕小說守護大家，溫柔似水的她，將一切都歸咎於己，自責到痛哭失聲。

我看見了……曾經的幻櫻，為了拯救大家，她以一輩子的生命化為筆墨……化為輕小說，在棋聖來襲的那一次學院戰爭裡，犧牲自己保全了C高中。

我看見了……曾經的沁芷柔，因為輕小說校排名從第二滑落至第三，比誰都倔強的她，因此落下不甘心的淚水。

我看見了……曾經的輝夜姬，明知寫作會使身體的健康每況越下，她卻從來沒有放棄過輕小說。在「問心七橋」一役中，輝夜姬也用自身的一切，證實了她對於寫作的熱愛，絕對不會輸給任何人。

正因為對於往昔的夥伴太過熟稔，深刻知曉她們對於輕小說的付出，我才會無法抑止心中迫切無比、想要化為言語出口的情緒。

——所以，此刻我才會抓住對方的上衣，用力搖晃著金髮小混混，拚了命的將所有想法嘶吼出聲。

「——給我聽好了，你這金髮混球!!

「所謂的寫作——所謂的輕小說作家，必須飽嘗忍耐、努力、辛酸……以及淚水，那是必須連絕望的痛苦也克服，卻還是可能無法達成宿願的漫漫長路——!!走在這樣的道路上，抱持著這樣的覺悟努力著，不知道懷疑過多少次自身是否缺乏才能、不知道寫乾了多少墨水，不知道堆積了多少稿紙——不管多麼煎熬都必須繼續忍耐，只為邁向道心的圓滿，只為追求心中的夢想開花結果!!

「道心圓滿，夢想開花結果——旁人乍聽之下簡單的訴求，對於輕小說作家而言，卻可能必須付出一輩子的青春做為代價，賭上人生的所有可能性，才有伸手去觸及終點的資格!!

「——所以給我道歉，向你侮辱過的那些輕小說作家道歉！她們不是你有資格品頭論足的對象，她們為了寫作近乎付出一切，哪怕歷經過數之不盡的苦、痛、傷、悲，依然沒有退縮！哪怕她們知曉前方是令人迷惘、幽深不見五指的未知數……她們還是義無反顧地不斷前行——!!就算因為迷茫而摔得滿身泥濘，她們在曾經『六校之戰』的那一年，依舊一次又一次地不斷重新站起!!哪怕遭到打擊已經遍體鱗傷，她們也未曾猶豫過自身的抉擇——!!她們的堅強不是你這種人可以理解，不是你這種人可以侮辱——像你這種金髮混球，就連她們的一根頭髮都比不上!!」

我的每字每句都無比認真，那源自於靈魂深處的誠摯吶喊，形成厚實的氣勢，一口氣壓倒了金髮小混混那張牙舞爪的外部偽裝。他或許無法徹底領悟話中的涵義，但那並不妨礙他感受到在信念對決中……被徹底碾壓的恐懼。

那恐懼透過他的眼眸傳出，經由他愕然的表情展現，甚至讓他陷入了無法言語的震驚當中。

在這一瞬間，時間彷彿凝止，整間教室都靜了下來。

包括眼鏡男……包括跟班，教室內的所有人，此時都轉頭看向我。他們受到我的認真所震懾，都是久久無法言語。

「你……你……」

金髮小混混結結巴巴地想要開口說話，像是在極力從震驚中取回自我，始終無法好好組織言語。

過去許久後，金髮小混混像是察覺到了班上所有人視線的匯集，過去長久以來，源於班級金字塔上方階層的傲氣，使他臉色漲得通紅，甚至有些發黑，陷入惱羞成怒的窘境。

「區區一個跛腳吊車尾，別趾高氣揚地對我說教!!」

金髮小混混臉色猙獰，用力甩開我的手後，也近乎吶喊地提高了聲量：

「我偏偏就是要說她們的壞話，誰曉得她們到底付出過多少努力？我只知道她們現在站得比誰都高，享有能在頂端俯視眾生的榮耀!!我雖然不知道實際情況，但能這麼快竄紅，想也知道是討好出版社上層換來的機會，擁有那種色情的身體，這不是理所當然的事嗎!!」

……執迷不悟啊，這個人。

我冷冷地望著金髮小混混，眼神已經不像是在看著同班同學……或是看著人類，反倒像在注視某種悲哀至極的低等生物。

「……嗚!!」

與我的眼神相接，金髮小混混大概也知道自身的論點站不住腳，於是他轉頭朝向教室裡的其他人，試圖尋求外界的認同。

金髮小混混首先看向自己的跟班。

「說得沒錯說得沒錯!!」

跟班當然贊同他了，可是光這樣無法弭平金髮小混混的心虛與怒火，他又轉身搭住一個男同學的肩膀，俯下身體向其逼問。

「喂!那你呢?你覺得呢?」

那個男同學也是沁芷柔的親衛隊成員其中之一，可是在班級階層金字塔只不過處於中層的他，平常一直不敢招惹金髮小混混，於是他轉開視線，懦弱地點點頭。

像是要獲得所有人的同意，藉此駁倒我的論點那樣，金髮小混混沿著走道不斷往前，朝一個又一個同學……展開相同的詢問。

「……是。」

而在金髮小混混與跟班虎視眈眈的逼問下，那些人的回答也如出一轍。

「我、我也覺得是那樣沒錯。」

「嗯、嗯嗯!!」

「那個……對，你說得對。」

有些人直截了當地撒謊，有些人則是慌亂地道出違心之言，但沒有一個人敢頂撞金髮小混混，紛紛站在他那一方。

「……」

聽見一名又一名同學的答案，我嘆了口氣，慢慢閉上雙眼。

大概，這就是班級階層金字塔頂層，長期以來積威的成果。

所有人只想獨善其身，如果此時……能藉著傷害他人來保全自己，那這些人的回答，就不會有所改變。

很快，金髮小混混在班上繞了一圈，得到了所有人的贊同。

最後他的目光，落在講臺旁……懷裡兀自抱著放映機的眼鏡男身上。

昔日自稱是風鈴忠實粉絲的眼鏡男，此時渾身都在發抖。大概對他來說，模樣看起來凶神惡煞的金髮小混混，就是類似於天敵的存在。

這時候，金髮小混混也走到眼鏡男的面前。

挾帶著班上所有人的同意，金髮小混混此時說出的每一句話，彷彿都帶著那眾多同意的分量，沉甸甸的，令人無法輕易站在對立面。

於是，金髮小混混把手搭在眼鏡男的肩膀上，開始提問。

「……你覺得呢？那些婊子能成為當紅輕小說家，確實是靠出賣身體換來的對吧？實力根本不怎麼樣！」

「你是隔壁班那個跛腳吊車尾對吧？聽說你連最基本的文字閱讀理解都辦不到……你真的識字嗎？還有不准再用你的髒手碰風鈴大人的作品，我可是打算追隨風鈴大人投稿的。」

「如果已經明白的話，就快點從這裡滾出去吧!!放滿諸位大人們作品的聖殿，不是你這種跛腳文盲可以玷汙的地方!!」

眼鏡男那熟悉的臉孔，慢慢勾起了我腦海中某些回憶，耳邊甚至依稀響起他當日在書店內的宣言。

可是，這樣子的他，卻在此時慢慢轉過了目光，不敢直視金髮小混混。

甚至，為了擺脫險境，眼鏡男臉上逐漸露出諂媚的笑。

「……是、是的，您說得對，那些婊子只是長得漂亮而已，其實沒什麼厲害的。」

金髮小混混滿意地點點頭。

接著，金髮小混混慢慢轉過身，朝我看來。

然後他笑了。

「呵呵呵呵……哈哈哈哈……」

得到周圍所有人的附和，每一次的同意就像替金髮小混混打上一支強心針，得到無數鼓舞與支持的他，先前惱羞成怒的頹勢一掃而空。

我也明白，他的每一次詢問都是在鞏固自己在班級裡的地位——就像秦朝時有奸臣趙高把持政權，為了試探朝中大臣是否服從他，趙高便令人牽一頭鹿到皇帝面前，宣稱那是一匹馬。害怕趙高的大臣便違心附和，而忠於皇權的才實話實說，最後趙高暗中記下反對自己的大臣們，藉此排除異己。

此為指鹿為馬。

而此刻，金髮小混混的行為，也是相同的道理。

哪怕人人都明白，風鈴與沁芷柔等人在「六校之戰」能一路走到最後，究竟需要多強的決心與實力才能辦到……說這些人的性命都是風鈴等人所救的也不為過，但在面對金髮小混混的威逼時，這些人依舊屈服了，選擇將自己的恩人貶得一文不值，藉此保全自身。

此刻，與昔日的趙高確信自己的權威受到保障時一樣，知道已經成功扭曲事實，金髮小混混笑得更加開懷。

「呵呵呵……哈哈哈哈……」

金髮小混混一邊笑，一邊朝我走來。

「柳天雲，怎麼樣？我說得果然沒……」

他原本志得意滿地想要宣告自己的勝利，但一句話還沒說完，忽然話聲就此停頓。

因為我也笑了。

不光笑，而且笑得比他還要淒厲，笑得比他還要瘋狂。

「哈哈哈哈哈哈哈哈哈……哈哈哈哈哈哈哈哈哈哈哈～～～」

我以左手按住自己的臉大笑，從指縫中望著自己的同班同學們，在悲哀之餘，我也邁開腳步，向金髮小混混走了過去。

一邊走，我捏緊了自己的右手拳頭。

金髮小混混顯然也注意到了我的動作，但他得到大家的支持後，臉上始終掛著志得意滿的冷笑，似乎並不畏懼。

「只不過是個跛腳的殘廢，就憑你……也想討回公道嗎？」

在走到金髮小混混的面前後，面對他的提問，我略一點頭。

指著我握緊的右拳，金髮小混混繼續冷笑。

一邊笑，他用力踹了兩次我傷殘的左腳。

「所以呢？你這跛腳想怎麼樣？C高中可是升學學校，你如果不想在求學歷程中留下汙點，要留下漂亮的師長評價來晉升知名大學的話，最好別想不開。」

聽見他的回答，我又笑了。笑得燦爛，笑得猖狂。

「哈哈哈哈哈哈哈哈……哈哈哈哈哈哈哈哈哈哈〜〜〜」

面對金髮小混混愚蠢的提問，我持續笑了許久，最後在金髮小混混的表情變得無比難看後，笑聲才慢慢止歇。

最後，我緩聲向他拋出一個提問。

「你們平常怎麼叫我的？」

金髮小混混一怔，像是根本沒想到我會這麼問。

他遲疑片刻後，開口道：「跛腳？」

我又問：「還有呢？」

金髮小混混皺眉，「吊車尾？」

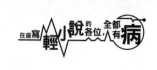

我點點頭。

「沒錯，就是吊車尾……如果現在揍了你，師長給予的畢業評價會大幅降低，就會徹底失去晉升知名大學的可能。今後被迫進入三流大學的我，大概也一直會是吊車尾，一輩子無法擺脫這個難聽的外號。」

我說到這，不等對方答話，迅速把話接了下去。

「但是……!!」

在道出「但是」這兩個字的同時，我緊握的右拳與右臂回拉到了身後，呈現弓臂蓄力的樣貌，直至極限。

這一瞬間，我的眼前閃過昔日進行「最終一戰」之前，幻櫻、風鈴、沁芷柔、輝夜姬等人，在戰敗後，那一幕幕化為存在之力消散的悲傷。

「曾經，我為了拯救她們，連命都可以不要……」

在放聲大笑的同時，我蓄勢已久的右拳也跟著揮出。

「現在，為了替她們討回公道——成為真正的吊車尾又如何!!」

語畢，向對方先前踹的兩腳報以回禮——我的右拳重重崩落，紮實地轟在金髮小混混的左臉上。

戰。

亂戰!!

金髮小混混的左頰遭到重重一拳擊中，他踉蹌地後退，接著摔倒在地。

跟班一開始不知所措，但看見金髮小混混打算爬起身反擊，他們兩個人一起撲上，朝我身上不斷揮拳。

本該寧靜的早自習時間，頓時變成紛亂的戰場，教室裡一片譁然。金髮小混混抄起一把椅子向我當頭砸下，因為被跟班抱住腰際牽制的關係，所以我來不及躲避，被當頭砸個正著。

伴隨著椅子觸碰額頭的劇痛，鮮血自額際緩緩淌下。

而金髮小混混則是一邊揮舞椅子攻擊，一邊發出憤怒的咆哮聲。

「為什麼要站出來反抗我——!!明明其他人嘲笑你、辱罵你，你過去也沒有絲毫反應，為何不繼續縮在角落裡沉默地當隱形人——!!」

聽見金髮小混混的吼聲，我沉默片刻。

是啊，為什麼呢？如果我還是很久以前……那個行走於「孤獨之道」的獨行俠，這時候，是不會挺身而出的吧。

但是，這樣子的疑問，只在腦海裡出現短短一瞬間。

「六校之戰」那年的一切回憶……在怪人社度過的所有時光……與那些怪人少女們共譜的繽紛與精采──在一瞬間，化為道道印象鮮明的停格畫面，輪流閃過眼前。

……我看見那畫面裡，自己在畢業旅行時，鄭重向沁芷柔坦承一切，並且向她提出成為朋友的懇求。

「……我需要夥伴，也需要朋友。所以了，沁芷柔，請成為我的夥伴吧……如果可以的話，也請跟我當朋友。」

……也看見自己在知曉「風鈴」這個外號的由來時，所露出的複雜神情。

「天能容風，風能送雲。如果前輩您是處處皆有的雲，風鈴就會化為無所不在的風……替您送行。」

所以……

隨著額際的鮮血流入眼中，我眼前的世界慢慢被染得通紅，但我沒有閉上雙眼，而是再次捏緊右拳。

「所以──!!」

伴隨著聲嘶力竭的大吼聲，我再次將右臂拉至身後，弓臂續勁。

「所以——就算我已經失去了一切，哪怕只剩下我一個人未曾忘懷那珍貴的情誼，我守護夥伴的意念，也不會有絲毫改變!!」

語畢，我整個人身體彎腰前傾，閃過金髮小混混揮來的椅子。

並且在這一瞬間，我右足一踏，整個人的身體如傾斜的箭矢般彈射出去，將全身的力量一口氣爆發，再次重重一拳轟在金髮小混混的臉頰上。

這次的打擊力道遠超從前，金髮小混混整個人被打飛出去，在半空中旋轉兩圈後，狼狽地摔倒在地，徹底暈眩過去。

「呼……呼……呼……」

一邊喘氣，我看向跟班。

跟班發現金髮小混混倒地不起後，露出害怕的表情，一步步後退，而我則步步進逼。

由於頭上不斷流下鮮血，隨著我踏步往前的動作，地下也流下了一灘鮮血。看見那鮮血，看見我嚴肅無比的神情，跟班的勇氣更是消失殆盡。退到了牆角的他，不斷渾身發抖。

「給我道歉!!」

我低沉著嗓音，一字一字說道。

「對、對不起!!」

失去了金髮小混混的庇護，跟班的態度變得極為畏縮，他避開我的眼神，急忙鞠躬道歉。

但看見他的舉動，我皺起眉頭。

「不是向我道歉，而是向你侮辱過的那些輕小說家道歉!!」

跟班一愣。

就在這時候，教室的大門被人用力拉開，門板用力撞擊產生「哐啷」的巨響，班導師出現在教室門口。像是聽見了二年C班的異常躁動聲因此匆忙趕來——已經快要接近中年的班導師，是一名瘦小男性。此時他大口喘著氣，用驚恐的目光看著教室裡發生的一切。

「——發生什麼事？你們在打架嗎？」

班導師先是注視暈倒在地的金髮小混混，又看看我頭上流血的傷口，嚇得不停追問。

此時，跟班彷彿看到救星出現，從牆角狼狽逃開，竄到班導師面前，裝作委屈地開始告狀。

「都是柳天雲那傢伙的錯，大家好端端的在教室裡讀書，他卻忽然發瘋向我們揮拳，我們只是被迫反擊而已!!教室裡所有人都看見了！」

語畢，跟班向教室內所有人看去。

……跟班的話當然是在撒謊。

可是，面對跟班此時做出的虛偽證言，教室裡卻靜得鴉雀無聲。其餘幾十名同學都聽見了，然而沒有一人出聲反駁。

「……」

面對這樣的景象，慢慢的，我嘴角勾起一絲慘笑。

……我明白的。

跟班的發言代表金髮小混混那一派系。而金髮小混混的威懾力，除了來自往常的囂張跋扈，也包含他自稱的「在校外有許多混混朋友」這一點。

仗著不良少年成群結黨的力量，因為害怕得罪對方會被報復，金髮小混混才得以在班級上橫行。

換句話說，就算我單挑打贏了金髮小混混，在班級其他人的心目中，依舊遠遠不如金髮小混混可怕。

所以，這些人在權衡利弊後，才會現實地選擇無視真相，將真正的心聲……埋藏於沉默中。

過去身為獨行俠多年的我，對於人心的理解無比深刻。環視教室裡的那些同學，從他們那飄忽閃躲的眼神中，我讀出了許多想法，嘗到了眾叛親離的苦楚，才會露出如此複雜的慘笑。

「……」

「……$%^%^&&*$#&*$%%——！！！！！」

看著將跟班的證詞信以為真，走到我面前大聲喝斥我的班導師，我始終保持沉默。他的發言在我聽來沒有任何意義，因此入耳就過，絲毫無法流入……逐漸變得冰冷的內心當中。

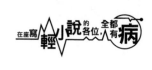

「……$%^%^&&＊$#&＊$%%——！！！！」

班導師的責罵依舊在繼續，他甚至完全不在乎我頭上依舊在滲血的傷口，只是不斷抱怨著我的行為會造成他的考績降低，怨懟之情溢於言表。

班導師指著我的鼻子持續痛罵，此時我因為受傷腦袋有些暈眩，勉強才聽清了他其中一句話。

「……要是你這種人不在我們班上就好了！整天不思進取，只會惹事生非，難道一輩子都不打算認真努力過活？你這種問題學生只會影響我的年終考核，瞭解嗎？就不能像個人樣，為班級、為學校做出一點貢獻嗎!!別說現在了，就連過去『六校之戰』那一年我對你也沒有半點印象，你這種人存在世界上，只會給別人添麻煩而已，你知道嗎!!」

他咬牙切齒發言中的嘴巴，就像醜陋的怪獸那樣不斷一張一合。

因為傷勢的影響，眼中望出的東西，開始越來越模糊。

但是，在聽見「就連過去『六校之戰』那一年我對你也沒有半點印象，你這種人的存在，只會給別人添麻煩而已，你知道嗎？」這段發言時，內心卻有某塊地方悄悄變得支離破碎，傳來以為早已習慣的痛楚。

在「六校之戰」的那一年，曾經在C高中被譽為「大英雄」、「救世主」的我，此時卻成為了過街老鼠。

遭到千夫所指。

身受萬般唾罵。

這就是……我在付出一切、拚盡所有心血，拯救六所高中的所有人後，所得到的回報。

哪怕我心知肚明，這一切的不幸很有可能是源於「願力之天秤」的影響。由於文之宇宙實現願望需要的願力過多，要換回不足的幸福，就必須以同等程度的不幸去填補，這就是等價交換的原則。

可是，在面對殘酷無比的現實的此刻，我依舊感到無比心酸，彷彿墮入了伸手不見五指的黑暗中，就連想尋求一絲溫暖與光明……也成為遙不可及的貪婪。

——原本應該是如此。

可是，就在我幾乎要因傷勢倒下時，教室大門再次被人拉開。原先有些陰暗的教室內，頓時被來自外界的光芒照亮。

在我模糊的視線中，來自教室門口——那顯得無比耀眼的光亮中，出現了一名人影。

這一次登場的人，是一名女性。

身著紫色小西裝、黑色短裙還有緊身絲襪，外繫紅色披風，這個人的裝扮我無比熟稔，甚至是一輩子也無法忘懷。

……桓紫音老師。

在認出對方後，挾帶著酸楚的安心感忽然湧上。那安心感帶來的暖意，使原先強行打起的精神消失得無影無蹤……於是，在一陣天旋地轉中，伴隨著視線向著地板傾斜，我就此昏厥倒下。

第三章 悲傷之極的天雲

……黑暗。

在昏睡的過程中，眼前一片黑暗，但頭上的傷口卻傳來一片清涼，似乎有人替我敷上藥膏，妥善包紮完畢。

在那漫長的睡眠中，消毒水與藥劑的味道始終不斷傳來。

不知道過去多久，我睜開眼睛。

接著，我發現自己躺在保健室的病床上。周圍的布簾是拉上的，我從床上爬起，拉開病床周圍的布簾。

並不寬闊的保健室內，所有的景象瞬間盡收眼底。

此時夕陽已經正在西下，窗外傳來軟弱無力的橘黃微光，代表太陽所能盡到的最後努力。

靠近保健室門口的地方，有一張上面放置許多醫藥箱與醫療用品的辦公桌，而桓紫音老師就坐在辦公桌前，她面對著殘弱的夕陽，手中拿著一疊稿紙依序閱讀。

熟悉的人影，熟悉的動作。眼前的場景，我心中升起微妙的複雜感。

或許是因為受傷導致的虛弱，桓紫音老師嬌小的背影，有一瞬間讓我感到恍惚——彷彿我穿越了時光，再次重回羈絆尚未被奪走的「六校之戰」那一年——於那溫馨又充滿歡笑的怪人社裡，桓紫音老師正在替大家看手稿，並給予鼓勵與指教。

可是當短暫的恍惚消失後，無情的現實再次襲來，將我壓得喘不過氣。

「……」

坐在床上，沉默片刻後，我知道大概是桓紫音老師替我包紮了傷口，並且一直在這裡守護著我，等待我醒轉。

要知道，我與金髮小混混發生爭執時不過是早晨，而現在時間即將跨入傍晚，我幾乎昏睡了一整天，代表桓紫音老師也在這裡待了一天。

我想向老師道謝。

「桓紫音老……」

但是我一句話還沒出口，又縮了回去。

因為我很快想起，桓紫音老師已經升職了。因為在六校之戰中表現卓越，加上其俐落幹練的處事能力，回到現實世界後，桓紫音老師的職位很快就節節攀升，距離「六校之戰」過去還不到一年，現在已經成為副校長。

但是稱呼「桓紫音副校長」又感到十分彆扭，才會下意識地收回說到一半的話語。

但桓紫音老師還是聽見我的聲音，她翻動稿紙的動作有了停頓。

接著，桓紫音老師將稿紙放下，旋轉椅子，整個人轉過來面對我。

「……」

桓紫音老師先是沉默，露出評估性的銳利眼神，仔細地打量眼前的對象。

很久很久以前……我第一次初遇老師時，她也露出過這樣的眼神——甚至就連動作都一模一樣，在打量過後，桓紫音老師遮起自己的左眼，以右眼的「赤紅之瞳」，對我進行審視。

看到桓紫音老師的動作，我不禁一怔。

我知道她的「赤紅之瞳」可以看出輕小說家的本領，通常越厲害的人，身上透出的光芒也就越強。除非實力到達了反璞歸真之境，才能使鋒芒內斂，將光芒徹底隱去。

在「最終一戰」之前，我曾經一度到達過反璞歸真之境，但此刻的我……所有的寫作才能、道心、文意都已經失去，不知道在桓紫音老師的「赤紅之瞳」眼中看來，究竟會是什麼樣子。

但沒想到的是，桓紫音老師那紅到彷彿會燃燒的右眸，在注視我第一眼後，頓時驚訝地微微睜大。

像是不太能確信眼前所見那樣，帶著濃厚的疑惑，桓紫音老師又盯著我看了幾秒。接著她露出意外的表情，連自言自語的話聲都充滿不解。

「沒有光芒……？似乎也不對，只是光芒弱到幾乎不存在而已。就像殘存的餘燼裡……剩下點點火星那樣，弱到已經覆滅，不足以再形成火勢。但是怎會如此……？彷彿曾有足以焚燒天地的烈焰存在過似的，留存的火星數量未免也太多……分布太廣……」

踏入「反璞歸真之境」不露光芒，怪物君、輝夜姬、幻櫻這幾位罕見的強者都可以辦到，桓紫音老師也見過不止一次。但顯然我的狀況完全顛覆桓紫音老師的認知，進入她的知識盲區中。

桓紫音老師顯然認為我不懂意思，所以自言自語起來並沒有顧忌。

接著，桓紫音老師穿著絲襪的左腿跨到右腿上交疊，直視我的雙眼，朝我發問。

「……汝的名字為何？」

「柳天雲。」

我低聲回答。

很快桓紫音老師又拋出第二個問題。

「柳天雲，汝……懂得寫作？」

她顯然打算透過問話得到線索，明白「赤紅之瞳」看見的現象，究竟代表什麼意思。

「……」

然而，面對老師的提問，我先是緘默了幾秒，然後只能露出苦笑。

現在已經失去了關於寫作的一切……形同廢人的我，有資格自稱「懂得寫作」

嗎？

這答案很難說清，於是我只能向桓紫音老師，回以另一種形式的答覆。

「我寫不出來，也沒辦法寫。」

一邊搖著頭，向桓紫音老師坦承真實情況。

桓紫音老師聽了我的話，遲疑片刻後，終於「嗯」了一聲。

至此，保健室內陷入一片靜默。

掛在牆上的時鐘，發出滴答滴答的響聲。隨著時間逐漸流逝，夕陽已經完全西落，來自外界的陰影，逐漸蓋在了桓紫音老師的側臉上。

然而，哪怕光線再怎麼幽暗，即使陰影能遮掩桓紫音老師的表情，卻無法藏起她那明亮的紅眸。

她那彷彿能洞穿人心的紅色右眸，始終盯著我不放。像是在斟酌些什麼，又像在評判些什麼。

最後，像是內心的疑惑終於按捺不住，桓紫音老師再次開口，

「吾有最後幾個問題……想要詢問汝……」

我點頭答應。

接著，桓紫音老師伸出右手食指，指向擺在保健室角落的冰箱，

「……但吾有點口渴了，先替吾拿點喝的吧。啊、汝也自己拿一罐吧，不必客氣。」

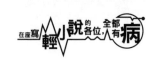

一般來說會叫頭上纏滿繃帶的病人拿飲料嗎？我頓時無語，不過這才是桓紫音老師我行我素的作風吧。

於是我赤著腳跳下床，走到冰箱前面，打開冷藏櫃，拿了一罐番茄汁給桓紫音老師，柳橙汁則是給自己。

桓紫音老師將番茄汁倒進透明的玻璃高腳杯裡，先是裝模作樣地宣稱裡面是鮮血，接著努力介紹血族儀式的必要性。這樣的行為我也十分熟悉，只要耐心等待她將吸血鬼的習俗囉唆完畢，很快就可以進入正題了。

終於，桓紫音老師講解完了吸血鬼的十大飲血習慣，然後她的面色才逐漸變得凝重。

「這是最後幾個問題了。吾原本在中庭巡視校園，聽見了二年C班傳來大吵大鬧聲，才上樓察看……但是呢……」

喝了一口番茄汁，桓紫音老師的話題微一停頓。

聽到這，我則是點點頭。

原來如此，難怪桓紫音老師來得這麼及時，她原本就在二年C班附近，只是被吵鬧聲吸引而來。

桓紫音老師繼續說了下去：

「……但是呢，就是吾上樓巡視的時候，發生了吾無論如何都想不通的幾件事。答案只有汝能明白，所以吾也只能問汝。」

只有我能明白答案？我一愣。

像是要仔細地捕捉我接下來表情的每一絲變化那樣——桓紫音老師說到這裡，原先跨在右腿上的左腿放了下來，整個人身體前傾。

然後，她鄭重地道：

「吾聽見了汝對於乳牛與首席黑暗騎士的維護，為什麼……汝對於她們兩人信念的理解，能夠如此深刻？吾知曉，那並非門外漢能隨意出口的妄言，而是在極為瞭解乳牛與首席黑暗騎士的前提下——透過將心念傾注於『寫作之道』上，歷經長久，飽經風霜，幾近付出一切後……才可能換來的頓悟與明瞭。

「柳天雲，汝既然聲稱自己不能寫，也沒辦法寫，那足以讀懂吾門下學生的頓悟與明瞭……又源於何處？」

面對桓紫音老師的提問，與沁芷柔與風鈴相處的回憶逐漸湧上，我本來有好多好多話想說，但在啞然許久後，我還是選擇了沉默以對。

「汝……不願回答嗎？」

像是讀懂了我的沉默，桓紫音老師微微搖頭。

氣氛靜得可怕。

過去一陣子後，我起身道別。

保健室內依舊沒有開燈。

在離開保健室之前，我關上門。在大門關閉的前一瞬間，透過那快要關閉的門扉……我看見桓紫音老師依舊坐在桌前，她凝視著已經喝乾的玻璃高腳杯，久久不語。

一夜平靜。

又過去了一日，隔天放學回家的路上，再次下起雨來。

「幸好早上出門前帶了傘……」

那雨勢太大也太凶猛，給人雨點幾乎要打穿傘身的錯覺。時不時會有一陣風斜斜吹來，將雨幕潑灑到我的臉上、身上。

哪怕撐了傘，身體還是很快被打溼。

我的家位於C街道圓環與道路的相接處，與大馬路緊密相鄰，因為不是主幹道的關係，會經過門口的車流量並不多，平常還算挺安靜的。

步行二十分鐘後，抹去臉上的雨水，站在C街道的起點，我已經能夠遙遙看見圓環旁的家。

「那是……紅光……？」

但是，與平常不同的是，我的家門口此時有數道輪流閃動的紅色光芒，將遠處的雨幕染成了淡紅色。

瞇著眼睛再仔細一看，那紅色光芒似乎來自家門口停著的三臺黑白車輛。這三輛車，頂端裝著不斷閃爍強烈紅光的警示燈，兩側車身上還打印著「C市警政署」的字樣。

毫無疑問，這三輛都是警車。

「可是，警車為什麼會停在我家門口……？」

撐傘踏著地上逐漸積起的水坑，懷抱這樣的疑慮，步伐不禁也快了幾分。

由於家裡被圍牆包圍，唯一的入口只有鐵製柵欄製成的外側大門，因此必須走到門口處，才能看見裡面的景象。

從三輛警車旁路過，我站在自己家的外側大門前，視線穿過敞開的鐵柵欄看去──

看清眼前的情況後，我慢慢瞪大雙眼。

……人群。

足以用「人群」這種量詞加以形容，此時一共有八人站在我家房子的門口前，並不時彼此交談。

我認出此時靠著門口正在說話的，是我的雙親。

而有六名撐著傘的警察位於門口附近，他們面對著我的爸媽。六名警察中，最前方似乎職位最高的中年警察，手上拿著筆記本與鋼筆，傾聽我的爸媽說話的同時，一邊點頭，不時在筆記本上記錄些什麼。

因為他們擋住了去路，無法踏入家門，於是我疑惑地開口詢問。

「你們……」

——!!

但是，我的話語才出口兩個字，就錯愕地產生停頓。

……之所以感到錯愕的原因，也極為簡單明瞭。

——你們為什麼露出這種表情？

在我開口的瞬間，六名警察也察覺到我的存在。然而，回過頭的那些警察，在看清我的長相後……他們覆蓋於警帽陰影下的眼神，卻銳利到彷彿能刺穿人心，表情也隨即變得無比猙獰。

「抓住他!!」

伴隨著中年警察急促的大吼聲，其餘五名警察手臂張開，一起向我撲上，面對顯然訓練有素的五名成人警察，我根本不是對手。先是手臂被人箝制，再來瞬間感覺天旋地轉，我的身軀被一記過肩摔，狠狠摔在泥濘的庭院地面上。

吃了一記重摔，五臟六腑似乎都在翻攪，連胸口的呼吸起伏都變得時斷時續，巨大的痛楚自背脊擴散至全身。

接著我被數名警察聯手壓制在地，雙手也被金屬手銬反銬在後，徹底失去反抗能力。

這些警察一見面就動手，就像害怕我逃跑那樣，完全不留情面。

而且，他們明知我的雙親就在旁邊，中年警察發出「抓住他」的命令時，也沒有產生絲毫猶豫。

錯愕、不解，還有許許多多的不明白，揉合成巨大的困惑。

哪怕遭到壓制在地，我只能臉貼地面發出悶聲。但是那巨大的困惑，依舊促使我開口發問。

「為什麼抓我？我什麼都沒做！」

豆大的雨點不斷打擊全身，於那張狂的雨勢中，我發出大喊。

中年警察向我慢慢走來。

他撐著傘，替我遮蔽雨勢，然後彎下腰。透過被拉近的距離，中年警察那瞇起的質疑眼神，令我永生難忘。

「去警察局再辯解吧！」

留下了這樣的一句話，我被綁上了警車，於鳴笛聲中……朝著未知而去。

在父母的陪同下，我踏入警局。

先鬆開手銬後，坐在辦公桌前，中年警察向我說明事發的原因。

「你被附近的住戶控告蓄意縱火罪。」

縱火罪？

受到意料之外的罪名加身，我不禁錯愕。

中年警察拿起一張載滿文字的紙卷，照著上面的敘述，向我說明案情。

「離這裡大約五百公尺，C町十三戶的住戶，在半個月前房子因為失火而燒毀，雖然沒有人員傷亡，但多年以來累積的財產付之一炬……

「……而經過這段時間的調查，查獲C町十三戶的庭院內飼養大型犬。而有兩名C高中的學生，放學路經該庭院時，常遭大型犬吠叫驅逐，因此心生報復念頭——之後，這兩名學生每天都去C町十三戶惡意丟棄燃燒中的菸蒂，這就是失火的起因。

「而那兩名C高中的學生——於今天遭到逮捕後，聲稱至庭院丟棄菸蒂是你出的主意，因此你是主謀，被C町十三戶控告蓄意縱火罪。」

中年警察接著說出了那兩名學生的姓名，聽完之後我又是一愣，因為凶手赫然是金髮小混混與跟班。

那兩個器量狹小的傢伙，大概是記恨我揍了他們吧，所以才隨口誣陷我。從這點也可以看出他們的不明智，因為只要我沒有犯案，遲早能夠證明清白。

之後，我花了大半夜的功夫，向中年警察解釋自己並沒有犯案，與對於金髮小混混與跟班誣陷的緣由猜測。

再之後，金髮小混混與跟班也與父母一起到來，形成三方對峙的局面。

經過一番長久的罪證調查與質詢後，終於，在時間徹底到了三更半夜後，我得到罪證不足的結論，進而被釋放離開警局。

「……」

在開車回家的途中，因為經歷許久的疲勞轟炸，我與雙親都是一臉疲憊。

開車的人是父親──在快要接近家裡時，始終沉默不語的他，忽然開口發話。

「所以……你是因為在學校打架，才被那兩個人誣陷了，我沒說錯吧？」

我坐在汽車後座，沉默片刻後，點頭應是。這的確是事實，沒有解釋餘地。

父親又道：

「那你為什麼打架？打架很好玩嗎？雖然你一直不肯詳細說明，但你的左腳也是因為這樣才受傷的吧？」

說到這裡，他的語氣越來越嚴峻。

這次我搖搖頭。我知道父親能從照鏡中看見我的動作。

母親坐在副駕駛座，這時候她也回過頭，露出責怪的神情。

「你怎麼就不好好讀書呢？如果你好好讀書不管別的事，根本不會有這種事發生。對了，隔壁鄰居讀高中的大兒子，似乎上次又得了市長獎，怎麼你就不能跟他學學呢？你不懂得讀書，也沒有別的才藝，整天只會惹事生非。我有時候都不好意思對別人說，自己有這種一事無成的小孩了。」

「啊啊……如果你能跟隔壁的大兒子交換就好了，我也想要那種小孩吶。」

母親哼了一聲，終於轉過頭去。

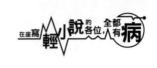

聞言，我本來想說些什麼，但很快又閉上嘴巴。

……是啊。

為了湊齊文之宇宙所需的願力，我曾在寫作界取得的輝煌與成就，也被迫做為代價付出。

過去那個榮耀於文字，在文壇裡活躍的柳天雲……已經不存在於世上，甚至不存在於任何人的記憶中，變得一切成空。

在我寫作能力尚未失去之前，那時的父母對我很好。哪怕我後來於國中時期封筆，靠著堪稱優秀的成績，也能使雙親不至於煩悶……

然而，我現在已經失去了一切。

所以在父母看來，我只是個沒用的廢人。

「最終一戰」結束後，已經過去大半年的時間。隨著時日流逝，面對已經不再有所成就的我，父母的態度也起了巨大的變化。

對吊車尾成績的辱罵。

針對左腳傷殘的責怪。

以及嘲笑孩子能力低下的譏諷。

至此，我也明瞭了人性的殘酷。哪怕親如父母，在我光環加身時能夠呵護備至；但在我失勢落魄時，他們也可以將我推落至絕望深淵。

車身一陣震動，接著停下。

到家了。

將車在車庫停妥後，父母率先下車，打開了家門。

父母相繼進入家門後，我本來也想尾隨進入，但是母親卻在我將要踏入門口時，將門掩上。

我一怔，看向將要關門的母親。

「你就待在外面好好反省吧，直到天亮為止。」

聽見母親的言語，與她對視的瞬間，原本以為早已麻木不仁的內心，忽然再次絞痛起來。

她的眼神，像極了陌生人。

「……唉，要是我家的兒子，有隔壁鄰居的大兒子那麼厲害就好囉。」

隨著母親最後一句冷言冷語飄來，家門也隨之關上。

「……」

我注視著關閉的門扉，沉默不語。額頭上，繃帶下的傷口依然在隱隱作痛，但那疼痛卻不及內心之萬一。

現在早已是夜半時分，於最深沉的黑夜中，我默默蹲坐在家門口，望著被烏雲掩蔽的天空，不禁露出慘笑。

我此刻的悽慘，是源於『願力之天秤』的影響……還是人的的惡根性畢露？對於此，我不願深思。

事。

被拒於家門之外，於冷清的夜色中，頓時多出許多時間，可以思考關於自己的事。

這時，我想起晶星人女皇最後留下的話語。

「柳天雲，有一天你會後悔的。為了逞英雄的事蹟留下悔恨……思及過往的愚行感到憤懣——你會因憎恨人生的不幸，在『願力之天秤』的影響下痛苦哀號，等著吧，你等著吧……本女皇的話不會有錯的……嘎哈哈哈～～哈哈哈哈哈哈～～～～～～」

拋下這些話，晶星人女皇展開歷時三百年的往返母星之旅。

或許是她早已見識過太多落入痛苦深淵的人，哪怕我後來的發展，並沒有被晶星人女皇親眼所見……她臨別前留下的猜測，確實也猜對了一半。

在失去一切後，我飽經人情冷暖——哪怕曾經以為早已痛到麻木，在被父母嫌棄而拋在門外的此刻，內心最柔軟的深處，仍然痛到無以復加。

可是……

「可是，妳畢竟還是有一半沒有猜對，晶星人女皇啊……」

因為夜晚的寒冷，我朝手心呵著氣。白霧狀的熱氣從我的指縫中流出，於那些微的暖意中，我輕聲自語。

「我從未後悔過自己的抉擇，哪怕再重來一萬次，我也會選擇相同的道路……選擇復活怪人社的大家，讓她們能夠擁抱應該擁有的幸福……

「——因為，如果『願力之天秤』確實遵循等價交換的原則……那麼，如果此刻的我正在流淚，也就代表我曾經的朋友們能夠露出笑容，不是嗎？」

此時，我將臉孔抬起，望著遠處街道的路燈。

那路燈因為距離太過遙遠，乍看之下暈成了一團光球的模樣。

那光球的模樣，勾起了我在「最終一戰」裡的某些記憶。我曾經以裝著回憶的光球，藉此與「願力之天秤」交換最後的願望。

那些璀璨明亮的回憶光球，代表著我與眾人之間的所有羈絆。當時六所高中的學生都包含在內，一共數千團光球裡，都映著來自過往的畫面。

可是，其中有六團光球的畫面特別明亮與耀眼，讓我一輩子無法或忘。

……在第一團光球的反光中，我看見幻櫻笑著戳我的額頭。

……在第二團光球的反光中，我看見沁芷柔穿著粉紅色和服追殺我的畫面。

……在第三團光球的反光中，我看見雛雪與我一起賣同人誌的畫面。

……在第四團光球的反光中，我看見風鈴笑著對我說，她可以成為替我送行的風。

……在第五團光球的反光中，我看見輝夜姬害羞地對我遞上她親手編織的和服。

……在第六團光球的反光中，我看見桓紫音老師掐著我脖子假裝生氣的模樣。

正是因為那過往的回憶，那僅存仍未被遺忘的美好，我才能一直堅持到現在……無論再怎麼被人嘲笑、侮辱、欺負，都能夠勉力忍耐，不至於徹底崩潰發狂。

這時候，或許是因為熬夜導致疲倦，又或許是額頭上的傷勢造成了影響，我眼中望出的視線，開始模糊。

這視線的模糊有些異樣，我遲疑片刻，向自己的額頭摸去，這時才發現體溫的異常升高。

……大概，我發燒了。

是因為病了，虛弱了，才會變得如此多愁善感嗎？眼前才會不斷浮現過往的美好，想藉此尋求一絲慰藉……？

「……」

此時不斷變得模糊的視線，讓我產生某種幻覺。

在那幻覺中，我看見了幻櫻。

幻櫻穿過未曾上鎖的大門柵欄，朝我走來，並且站到我面前。

──就像那天在大雨中，朝跌倒的我伸出手那樣。此刻幻櫻再次做出相同的動作，彎下腰，朝我遞出手掌。

「幻櫻……」

因為是幻覺，所以就算從這裡尋求一絲溫暖……也沒關係吧。

於是，在腦袋昏昏沉沉的情況下，我也伸出手，與幻覺中的幻櫻……雙手交握。

「!!」

但是，就在雙手交握後，我感到一股力量傳來，那個「幻覺中的幻櫻」居然吃力地想將我拉起身。

「……唔嗯，你好重！快起來!!」

甚至她還說出了這樣的埋怨。

我一怔，順著對方拉扯的力量站起。眼前的景色逐漸聚焦，透過交握的手掌傳來的體溫，與確切存在眼前的身影，我終於驀然驚覺……眼前銀髮藍眼的美少女並非幻影，而是真實存在於眼前。

我雖然已經站起，但因為發燒的病情，身軀開始搖搖晃晃。

幻櫻察覺了這點，手掌探向我的額頭。

「好燙！你生病了嗎？」

「……」

忽然現身的幻櫻，讓我的內心感到一陣複雜。

——不要再接近我了。

——我已經一無所有，不再是以前那個柳天雲了。

我想要這麼開口吶喊，但幻櫻關切的表情與動作，卻讓內心的複雜更甚，阻止了我差點出口的言語。

「……妳為什麼會在這裡？」

在夜半時分，幻櫻卻忽然出現在這裡，這明顯很不對勁。

「因為這個啦、這個！」

幻櫻朝我展示另一隻手提著的東西。那是便利商店的購物袋，裡面似乎裝滿了食物與飲料。

接著，她露出無奈的表情。

「那些傢伙全都因為截稿日的期限到了必須熬夜趕稿，人家現在最有空，只好幫忙買補給品囉。真是的……早點開始努力不就好了嗎？就算拖稿是作家的通病，這也未免過頭了吧!!」

幻櫻沒有詳說，但是我能明白，她口中的「那些傢伙」是誰。

接著，輪到幻櫻提問。

「先不說這個，你都生病了，怎麼不回家呢？」

我轉頭看了緊閉的家門一眼，沉默片刻後，內心有些黯然。

「……我沒辦法回家。」

「可是你生病了吧？」

「……或許。」

「呼姆……不是或許吧，就是生病了。」

有時候幻櫻會在莫名其妙的小地方特別堅持，這點倒是跟過去一模一樣。

於是我只好無奈點頭，承認自己的病情。

看到我的表情，幻櫻笑了。

「那麼……跟我走吧？你需要地方休息吧，我知道有個地方，或許可以收留你。」

幻櫻抓著我的手，走出兩步。因為生病比較虛弱的關係，一時之間我被她拉動了身軀。邁開步伐的同時，我不禁怔然。

回神過後，因為內心的困惑，我止住腳步。

「等等……妳應該不認識我吧？為什麼要收留我？」

幻櫻拉不動我，但她卻依舊緊緊抓住我的手，未曾放開。

而她給出的答案也很簡單。

「因為你很悲傷。」

「……悲傷？」

我重複著幻櫻話中的關鍵字，困惑地挑起雙眉。

幻櫻則是如此發話：

「沒錯，無論何時……不管是注視著空處、與人對話、看著前方還是露出疑惑表情的此刻——彷彿遭到悲傷的牢籠囚禁那樣，你的表情，從未有過片刻歡愉……」

「或許別人不懂，但是我明白的……你的悲傷源於何處，又起於何方……」

幻櫻說到這，微微一頓，表情變得柔和。

「……那是因為太過溫柔，拚命忍住眼淚而產生的悲傷吧？那是打算將所有的罪孽攬於自身，想靠逞強獨自解決的一切傻瓜，才會擁有的表情……所以我比誰都更加瞭解。」

——!!

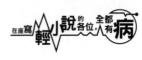

幻櫻的話聲並不響亮，甚至在寂靜的夜色中聽來也如同耳語，只足夠傳入我一人的耳中。

然而，她的話語內容，卻像有無數雷電同時在耳邊產生轟鳴那樣——讓我倒抽一口涼氣，就連逐漸變得冰冷麻木的內心，也產生了許久沒有過的動搖。

我一直以為自己隱瞞得很好，將所有的悲傷與痛楚都隱藏在表象之下……然而，就像被讀心了那樣，此刻卻被幻櫻徹底道出自己的心聲。

——為什麼妳能夠明白？

——為什麼妳能夠如此鉅細靡遺地描述，彷彿感同身受？

「妳……」

原本我記起幻櫻詐欺師的本職，認為這是幻櫻靠著觀察推測出的真相——但是就在這時，天上的烏雲隨著風飄開，皎潔的月光映在了幻櫻的臉孔上，我終於能看清她的表情。

……幻櫻的表情，無比柔和。

那是彷彿獨自在忍耐一切，拚命將苦楚無聲吞入腹中的人，才能擁有的……彷彿隨時會化為淚水的溫柔。

「……!!」

在這一瞬間，我忽然明白了幻櫻對我，為什麼會有如此深刻的理解。

……因為是同類吧。

……正因為是行走過相同道路的同類，幻櫻才會從我身上，察覺別人無法得知的蛛絲馬跡。

在「六校之戰」的那一年裡，幻櫻為了拯救所有人，選擇背負所有，以自身的壽命為代價，在犧牲了一切後……終於開啟第二次時間線。

然而，在第二次時間線裡，獨自保有過往記憶的幻櫻，於那和平的表象之下獨自承受著哀慟，於沉默中選擇逐漸淡出眾人身邊，只為不再給昔日的朋友們增添麻煩。

「何其相似……」

出於震驚，我幾乎是無意識地喃喃自語。

是的，彷彿陷入某種殘忍的循環，昔日的幻櫻，與現在的我何其相似。

——哪怕，她現在已經失去關於我的記憶，但她過往曾經忍受的悲傷與苦痛，那份對於夥伴的悲傷與不捨，卻確確實實地遺留了下來……讓她對於此時的我，產生了深刻的理解。

——所以，幻櫻此時才會出現在我的面前，對並不認識的我，伸出援助之手。

眼睛深處傳來一陣灼熱。

因為必須忍耐快要湧出的淚水，此刻我緊閉雙目。

「若是命運要斬斷這羈絆，我就撕開這命運……」

「就算是天要妳死，我也會把妳奪回來——!!」

就像「過去的我」以及「未來的我」一樣，哪怕他們都已經不屬於現世，成為虛無縹緲的幻影，他們曾經付出過的努力也依舊幻化為幽影，於我的夢中一再出現。

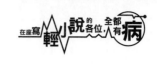

昔日我拚了命地想拯救幻櫻，為此，我曾數次入魔，在不同的抉擇中，分別走上「無我之道」、「殺戮之道」、「孤獨之道」這三條行不通的道路——哪怕必須付出珍視之物做為代價，依舊義無反顧，不曾存在半點迷惘。

而此刻的幻櫻……也是同理。

因為……

——那是超越了羈絆……超越了記憶……超越了時間線的隔閡……甚至也超越了願力的影響，在戰勝一切後，最終殘存於心的執著。

「如果你無處可去的話，就跟我來吧。我與朋友們合租了一間房子，能夠提供空房間讓你過夜。」

幻櫻這麼對我說。

「……」

我沉默片刻，內心極為遲疑。

她口中的房子，大概就是之前在電視節目採訪裡，怪人社所有成員合租的住所。

……到了那裡，肯定會與過去那些夥伴們見面吧。

一直以來，既出於一無所有的自卑，也害怕「願力之天秤」可能帶來的不幸散播，我都極力避開過去的夥伴。

所以幻櫻提出這個建議後，我才會陷入沉默的同時，也產生近乎退縮的猶豫。

「……好了啦好了啦，快點跟我走吧。你不是生病了嗎，病人沒有說不的權利唷！」

一邊笑著開口，幻櫻拉扯我的手臂。

與我的猶豫有著同等的分量，她的固執也不容輕忽。

眼看我似乎有些動搖，幻櫻趁勝追擊，繼續開口勸說。

「我們住的地方，冰箱裡放滿了蘋果跟布丁哦，如果你去的話，兩樣東西都隨便你吃。」

「……蘋果跟布丁？」

「嗯嗯！超好吃的喔！如果你喜歡的話，冰棒也有很多。」

冰箱裡有蘋果跟布丁以及冰棒我能夠理解。可是……為什麼會拿這三樣東西來引誘我呢？只有小孩子才會發現食物就跳起來歡呼吧。

一怔之後，我如此回答。

「……妳把我當成小孩子嗎？」

我本來想吐槽對方，可是幻櫻聽見我這句話，忽然笑得瞇起了眼。

那笑容帶著點狡猾，完全是她的招牌表情一號。

「生病還強撐著在外面逗留玩耍，也是小孩子的行為哦。如果這麼不想被當成小孩子，就跟著我一起走吧。」

聽了幻櫻的話，我啞口無言。

原來她從幾句話之前就開始設了圈套給我跳，甚至連我的回應都在預料之中。在言語交鋒上，我總是會輸給幻櫻，這次也不例外。

察覺我的想法不斷動搖，幻櫻笑得更加燦爛。

這時候她豎起右手兩根手指，繼續朝我追加條件。

「而且，我住的地方有兩種人，你肯定會喜歡的。」

兩種人？

「哪兩種人？」

出於好奇，我不禁出口追問。

幻櫻則是扠著腰，用鼻端發出「哼哼」的聲音，笑著回答我。

「美少女跟超級美少女哦！」

「……什麼？」

我愣了一下。

幻櫻則忽然輕輕戳了戳我的額頭。

「喂喂！你也太遲鈍了吧，這時候不是應該要大叫出『差別在哪邊啊！』這樣的吐槽嗎!?而我則會颯爽地轉身，指著你回答『超級美少女就是人家哦！』這樣呀！」

「……恕不奉陪。」

「為什麼呀？」

「因為我是病人。」

這時候，生病反而成為遲鈍的最佳藉口，太好了。

聽到我這麼說，幻櫻有點不滿地吹氣鼓起臉頰。

「不管怎麼樣……走吧。」

於是，幻櫻牽起我的手，我們兩人一起邁步離開。

在黯淡無光的夜色中，我們兩人彷彿也化為了影子，在被街道劃為棋盤似的城市裡慢慢穿梭。因為要配合生病的我，幻櫻的步伐並不快。而我任由幻櫻拉著我的手，一路上始終保持沉默。

幻櫻腰間掛著的狐面墜飾，在行進間發出的輕微碰撞聲，成了此時唯一的聲響。

「……」

在那靜謐的氛圍中，我默默思索著某些事。

……坦白說，我很害怕。

哪怕是剛剛與幻櫻交談時，內心深處也有如同泥沼般的恐懼不斷湧出。

我很害怕……再次見到怪人社的大家時，她們所露出的陌生神情。

也極為恐懼……來自過去的美好回憶，與殘酷的現實形成的巨大反差。

「……」

恐懼……害怕嗎？

思及此，我望著拉著我的手……走在前方引路的幻櫻，內心感到無比複雜。

那複雜，來自於……對剛剛幻櫻的說笑，產生某種程度的理解。

或許，她正是看出我隱藏於表面下的不安，才會說出那種奇怪的笑話吧。與此刻牽著我的手的動作同理，都是為了弭平情感所產生的裂痕。

……是啊。

哪怕遺忘了我，失去了過去的記憶，幻櫻對我的態度依舊沒有變化。她是個好人，彷彿無時無刻都在發出聖潔的光輝，光芒強烈到足以使我自慚形穢。

晨曦……櫻……幻櫻，不管她位於哪一條時間線，不管她以什麼樣的身分登場——為了待在這樣子的幻櫻身邊，過去我才會不斷追求自身的強大，試圖與她並肩而立。

望著幻櫻的背影，因落入苦痛的深淵而感到無比煩惱的我——忽然有些問題想要問她。

我想問她，我該怎麼辦。在那無盡黑暗的彼端，是否還存在希望的光芒。

一直以來，幻櫻始終引領在前方受人追逐，她的機智彷彿一切無所不能……如此聰明而強大的她，或許是唯一能給予解答的對象。

終於，隨著這樣的念頭漸漸膨脹，我忍不住開口發問。

「……我可以問妳一件事嗎？」

「嗯，你問吧。」

幻櫻依舊拉著我的手往前走，她答話時沒有回頭，但她那沉靜的語氣，緩和了我內心產生的焦急。

「如果說……」

我艱難地嚥下一口口水。

「如果說……我的朋友們再也不記得我，遺忘關於我的一切，過往的羈絆再也不存絲毫……我該用什麼表情……用什麼態度去面對昔日的朋友們呢？」

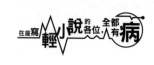

「……」

幻櫻聽完我的問題，她先是沉默。

接著她忽然停下腳步，並且回過頭來，露出意外的表情。

看見幻櫻的表情，我內心沉了下去。果然這個問題令人難以答覆？

但是幻櫻接下來卻笑了。

就像我的問題根本不是問題那樣，她笑得輕鬆寫意。

「在被那些人遺忘之前，你們曾經是朋友吧？」

我點點頭。

幻櫻又道：

「那問題不就解決了嗎？」

聽了幻櫻的話，我一怔，困惑的情緒迅速湧上。

「什麼？」

幻櫻抬頭看向天空。

一直以來烏雲遍布的夜空，此時露出了一個空隙。從雲層的夾縫之間，依稀可以看見皎潔的明月。

「所謂的朋友，對於彼此來說，最重要的不是奢華的物質，也不是誘人的利益，甚至也不是曾經共處的過往……而是對方本身吧？」

透過雲層的夾縫，柔和的月光映照在幻櫻的俏臉上。那月光驅趕了黑暗，讓幻櫻彷彿正在散發淡淡的光輝。

接著，幻櫻繼續說下去。

「——如果不記得彼此的話就重新認識；若是失去了回憶就重新建立——真正的朋友，以心相交，不管從陌生的起點出發多少次，都會一起抵達相同的終點。」

……!!

——!!

幻櫻的話語令我產生極度的猶豫，內心最大的痛苦也隨之傾瀉而出。

「可是——如果再次接近對方的話，我會將自身的煩惱與痛苦，也一起帶給對方的。我的不幸會感染對方……會將噩運加諸正在幸福進行式的夥伴身上——所以——!!」

……所以……我缺乏勇氣，再次接近過去的朋友。

我沒有把最後一句話說出口，但從幻櫻那冷靜的微笑可以看出，她應該已經讀懂我的意思。

於最後的最後，露出溫柔的笑容，幻櫻開口給予我答覆。

「那就交給對方吧。不管是煩惱與痛苦，還是不幸與噩運。如果是朋友的話，哪怕不能帶來雨過天青後的彩虹，也肯定會幫你一起絞盡腦汁地思考。

「——因為，所謂的朋友，其存在本身就能帶來溫暖。無論記憶是否留存，不管無論何時何刻……都不會讓對方淪陷孤獨的深淵中，是如同陽光般的存在。」

聽完幻櫻的話，我一怔。

接著，我的內心……慢慢升起某種近於恍然大悟的情緒。除了那情緒之外，更多的卻是難以言表的感動。

對於「最終一戰」結束後，一直到今天的這大半年，過去這些我一直想不透的事情，此刻終於有了解答。

原來如此……

答案，原來如此簡單而純粹。

就算過往的回憶與羈絆，再也不留絲毫，也不會對那依舊存在可能性的未來……產生影響。

——因為我們是朋友。

——所以，妳會替我帶來溫暖，不會讓我陷入一無所有的孤獨當中。

「……」

我拚命忍住快要流下的淚水。

交談過後，幻櫻繼續牽著我的手往前走，雙方再次陷入一言不發的沉默。

但這一次的沉默，卻與我曾經忍受過的沉默有所不同。不再帶有死一般的孤寂，也不再陷入那漆黑一片的絕望世界。

我與幻櫻就這樣牽著手，在街上漫步而行，時間彷彿在這一刻無限拉長，在體感的印象中，兩人走了許久許久……

走著、走著。

走著，走著……

最後的最後，幻櫻轉過最後一條街道，於某條寬敞的街道上，步入一棟坐擁庭院的雅致宅邸。

那宅邸就像在等著誰回來一樣，大門口只是半掩，鵝黃色的溫暖燈光，從敞開的縫隙裡悄悄流出。

幻櫻推開大門，率先走進屋內。

「……!!」

屋內首先是客廳。

站在大門口的我，看清了客廳內的景象。

雖然是夜半時分，但此時這棟宅邸的客廳內，正中央的和式木桌周圍，卻聚滿了人。

這些人的身影，我無比熟悉。雛雪……風鈴……輝夜姬……沁芷柔……桓紫音老師。

迎著大家望來的視線，我看見幻櫻朝我招手，示意我踏進客廳。

並且，幻櫻以雀躍的語調，替我的到來做出結論。

「……歡迎來到怪人屋！」

「怪人屋？」

「是的，怪人屋！」

怪人屋，這名字乍聽之下就像開玩笑。然而，幻櫻的語氣認真到讓人無法懷疑她的懇切。

幻櫻的藍色瞳孔正面望向我，開口解釋。

「這裡是怪人社的大家為了方便交流寫作、共同承租的居所，所以叫做怪人屋。」

好吧，取名的理由我弄懂了。

但真正令人尷尬的時刻，現在才要到來。

在與眾人羈絆消失殆盡的此刻，除了幻櫻，走廊上曾經碰面的風鈴，以及昨天在保健室裡相遇的桓紫音老師，對其他人而言，我應該是十分陌生的存在。

怪人社的大家，於此時全到齊了。幻櫻、風鈴、雛雪、沁芷柔、輝夜姬，以及桓紫音老師，這是久違的全員齊聚。

幻櫻、雛雪、風鈴、沁芷柔、桓紫音老師這五人穿著舒適的居家服，只有輝夜姬與雛雪的衣著依舊我行我素，分別是和服與意義不明的魅魔Cosplay。

客廳的地上鋪滿了地毯，眾人圍繞著客廳中央的和式木桌席地而坐，原本正在埋首寫作的她們，這時紛紛抬起頭來。

桓紫音老師第一個有了反應，她的瞳孔上翻，按住自己的額頭，露出傷腦筋的表情。

就連她接下來出口的話聲，也是有氣無力。

「幻櫻……汝又撿了什麼東西回來？話說這次居然是人類？之前已經撿了三隻貓回來了，不是嗎!!」

彷彿在印證老師的發言，有一灰一白一黑共三隻貓咪，這時從眾人坐的沙發下迅速竄過，發出「喵喵」的叫聲進行前後追逐戰。

幻櫻搔了搔臉頰，平常一向強勢的她，難得露出不好意思的神態。

「沒、沒辦法嘛，人家覺得牠們很可憐。」

「但撿一個人回來也太超過了吧，而且還是男人！等等，吾先姑且一問……難道說，汝打算讓這陌生的血之民留宿？」

幻櫻點頭。

「畢竟他也無家可歸嘛。」

以理所當然的語氣，幻櫻這麼回覆桓紫音老師。

桓紫音老師看了看我，又看了看幻櫻，露出無法置信的表情。

「汝的意思是說……讓這個男性人類……在這個只有六名少女跟三隻貓的住所留宿嗎!!」

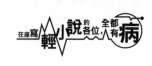

幻櫻原本正要答話，但這時候坐在桓紫音老師身旁的沁芷柔，忽然開口插話。

「等等!!」

沁芷柔的表情，甚至比桓紫音老師倍加驚訝，還要更加無法置信。

接下來，她先伸指指向幻櫻、再來指向雛雪，接著依序指向風鈴還有輝夜姬以及自己，最後得出了結論。

「……老師，少女只有五名哦？」

桓紫音老師在計數時，顯然是把自己也算進了「少女」的範疇，而沁芷柔則是無情地略過了這點。

「……」

桓紫音老師一愣，她有足足兩秒鐘的時間沒有反應過來，或者說她的內心拒絕反應過來，她就這麼錯愕地扭頭看向沁芷柔。

但是在第三秒鐘，怪人社內最恐怖的怪獸爆發了。

「——該死的乳牛啊啊啊啊啊!!!!!」

在怪獸噴火暴走的同時，風鈴趕緊站起身勸架。

「那、那個，後天就是新書的截稿日了哦，大家熬夜就是為了這個，所以和平相處趕緊工作吧？吶、好嗎？」

「吵死了吵死了，首席黑暗騎士，如果還是吾最忠實的部下一號，就趕緊過來幫忙壯大聲勢，這是本皇女的命令!!」

「咦……？」

風鈴明顯陷入遲疑。

眼看這一幕的發生，輝夜姬的表情卻很冷靜。

「請原諒妾身的無禮，但是呢……時常挑起無端的爭執，這就是諸位大人必須熬夜趕稿的原因吧。」

以和服的袖子，哪怕在說話時也秀氣地掩住嘴巴，輝夜姬的端莊賢淑一如往常，但話語內容也依舊直擊要害。

而穿著魅魔服裝的雛雪，從剛剛開始就一直懶洋洋地趴在桌上。不得不說她的穿著極為暴露，因為魅魔是性感的代表，所以這套衣服也十分大膽地在胸部處做出愛心狀的鏤空，就連下身的荷葉褶裙也短得非常微妙。

因為聽見爭執的聲音，原本一直趴著的雛雪終於抬起頭來。

於是，雛雪的目光第一次看見了我。

露出有點驚訝的表情，雛雪秀氣的眉毛微微上抬。

接著雛雪忽然笑了，她一舔嘴脣，將上衣胸口處、原本就鏤空的地方微微扯開，讓乳溝與底下的黑色內衣露出更多。

我一怔。

最後，我看看大廳內的所有人，忍不住苦笑，並且心中對現狀產生了理解。

哪怕時光飛逝，時間已經經過大半年……

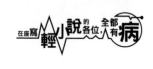

……這些人，依舊是一如往常的怪啊。

如果將人類在各方面給予綜合評價，眼前這些正在爭執的傢伙，就算她們擁有遠超常人的美貌與優異的寫作能力，還是毫無疑問會被劃分到「殘念極致的怪人」那一邊。

但正因為怪，所以帶給我一種親切與熟悉感。或許這也是怪人社之所以會誕生，眾人能夠齊聚一堂的原因吧。

好不容易等怪人屋裡安靜下來，事情才終於重回正題。

我老老實實地學著大家的動作，在和式木桌前正坐，然後望著最有發言權的桓紫音老師。

「聽好了，吾的真實身分是闇・維希爾特・玫瑰一族的吸血鬼皇女，人類小鬼，謹記吾的尊貴吧。」

桓紫音老師先是報出她那長到常人根本記不住的吸血鬼氏族全名，然後才把話題轉移到我身上。

「……初次見面，汝的名諱為？」

首先是通報姓名。

「我的名字是柳天雲。」

但是在話語出口的這一瞬間，我忽然一怔。

向桓紫音老師通報姓名，這個行為本身替我帶來極大的違和感。

雖然一時之間說不上哪裡不對勁，但那違和感帶來的不安，隨著時間流逝卻越來越強烈。

我還來不及細思緣由，怪人屋內關於我的共同話題，又繼續了下去。

一起坐在我的對面，怪人社的所有社員都緊盯我不放。

盯～～

盯盯～～

就像在關注某種稀有動物那樣，她們的視線化為相當驚人的壓力。

「是男人呢。」

雛雪這麼說。

「嗯，確實是男人。」

輝夜姬也附和。

「啊啊……是男人呢。」

沁芷柔也說。

「呼姆，是男人呢。」

幻櫻大概是覺得很有趣，學著大家說話的同時，一邊吃著超商買來的蘋果。

……先撇除幻櫻的惡趣味，其他人的發言，顯然是出於男女之別。過去在怪人社裡哪怕長時間相處，基本的生活起居也是分開的，但如果在怪人屋裡定居，就會變成朝夕相處，忽然多出一個男人，恐怕會有些不便吧。

果不其然，桓紫音老師立刻徵詢大家的意見。

「咳咳，那麼吾統一發問好了，汝等認為讓這個男人留居……會對怪人屋造成哪些影響？」

用觸電般的迅速動作，雛雪第一個舉起了手，踴躍進行發言。

「會懷孕！在發情期大家會無法克制自身地懷孕喔!!」

聽見雛雪的回答，桓紫音老師的嘴角微一抽搐。

桓紫音老師努力無視剛剛聽見的發言，接著她轉頭詢問坐在雛雪身旁的輝夜姬。

「吾之月之盟友——輝夜姬啊，汝的意見呢？」

身為曾經的A高中領導者，輝夜姬大多數時候都相當沉穩。不願再次承擔打擊風險的桓紫音老師，這次選擇詢問輝夜姬。

迎上老師期盼的目光，輝夜姬的目光十分平靜。

輝夜姬首先環視周遭，詢問所有人一個問題。

「諸位大人，妾身這裡想要冒昧請教一件事——諸位都是初次與這個男人見面對嗎？」

包含幻櫻與桓紫音老師在內，所有人都點點頭。

我看看又是一怔，先前那種被老師詢問姓名時的違和感，又再次湧上。

我還來不及深思違和感代表的涵義，輝夜姬就繼續說了下去。

發言得到確認後，輝夜姬維持正坐的姿勢，按著和服下襬，朝著桓紫音老師微一鞠躬。

「那麼，請原諒妾身無法回應您的期許，因為妾身與雛雪大人的意見相近，必須老實坦承，這個男人十分危險。」

「……為何？汝的看法有什麼根據？」

桓紫音老師追問。

輝夜姬的視線，從遮住嘴巴的袖子上方看向我，開始逐漸解釋一切。

「──因為，這個男人一看就是風月老手。就連平常對男人冷淡以對的妾身，在初次面對他時，心中都忍不住湧現正在萌芽的好感度。

「──而雛雪大人會發情明顯也是因此，從大半年前開始就一直懶洋洋、病懨懨的她，在看見這個男人時忽然恢復了以往那令人不敢恭維的色情活力……所以這個男人很危險，非常危險。」

輝夜姬說到這，話語一頓。接著她和服的袖子朝自己的左邊──也就是風鈴與沁芷柔的方向一展，然後繼續分析現狀。

「……況且，如果其他男人要求入住的話，風鈴大人與沁芷柔大人恐怕早就已經出口反對了吧──不過直到此刻，她們都是沉默地靜觀其變，這本身就說明了很多

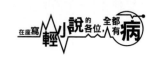

事情。

「再者，就算是桓紫音大人您……在面對這個男人時，態度相較於其他人，也明顯寬容到近乎放縱的地步。記得上次有男性書迷只是在屋子的遠處徘徊，就被您認定為騷擾者拿掃把加以驅趕。

「綜上所述——妾身可以大膽地推斷這個男人的危險程度絕對是SSS級。」

聽完輝夜姬的分析，包含桓紫音老師幾乎都陷入沉默，此時唯一出口反駁的人是沁芷柔。

「什、什麼呀？本小姐剛剛只是忽然不想說話而已哦！對這個男人有好感度什麼的……才、才不可能呢！」

話說到後面，沁芷柔的語氣越來越軟弱與失去自信。

這個怪人社中最大的傲嬌，此時做出的發言顯然是違心之論，眾人也熟知這點，所以此時沁芷柔的發言只引起大家的嘆息。

眼看場面似乎弄巧成拙，沁芷柔整張臉漲得通紅，像是恨不得找個洞鑽下去那樣，整個上半身趴在桌上，把臉蛋藏於臂彎中。

「……妳真不老實呢。」

帶著惡作劇的微笑，幻櫻以手肘靠著桌面，用掌心托住腮幫子，忽然施以情緒上的追擊。

「嗚……!!煩死了、煩死了、事情才不是那樣啦——!!」

就像過去見過很多次的場面那樣，沁芷柔在情緒崩潰後逃離了戰場。伴隨著「躂躂躂」的樓梯聲響，似乎是躲到了二樓。

沁芷柔逃掉以後，客廳內再次回到正題。

桓紫音老師重重嘆了一口氣。

「……難道汝也是純正的血族嗎？天生就擁有吸引異性的能力。罷了，吾的眷屬既然對汝都不感到討厭，那汝就在這裡待上一晚吧。只不過──」

說到這，桓紫音老師做了一個手刀割向脖子的動作，才繼續說下去。

「──只不過，如果汝膽敢對吾可愛的學生出手的話，吾絕對不原諒汝。所以汝就在吾隔壁的房間入住吧，吾會負起監視汝的責任。」

事情至此終於告一段落。

我被允許住進怪人屋一個晚上，而原本在趕稿的眾人，則是埋頭苦幹。沁芷柔後來也回到了客廳，忙得暈頭轉向。

幻櫻與輝夜姬雖然早就完成了自己份額的稿件，但出於夥伴同進退的心理因素，因此盡力協助著風鈴與沁芷柔。身為責任編輯的桓紫音老師，則負責掌控全局。除了在地毯上滾來滾去與貓玩耍的某魅魔之外，大家都十分忙碌。

只是。

只是，看見少女們迫於時間壓力提筆趕稿的動作，此時我的內心，不禁逐漸誕生「啊……她們確實是職業作家了」這樣的微妙感受。

與看見某本書上印著她們的筆名不同。

眼前所見的，是更接近於實質，瞭解一本書在構成前必須付出的努力——在辛勞過後才能對讀者們報以知遇之恩——那種拚盡一切的魄力，讓人感到無比震撼。

——這就是職業作家嗎？

或許，如果我沒有失去寫作才能、道心以及文意的話，也會踏上這條道路，成為此時埋首寫作的其中一員。

在快要天亮的時候，眾人的工作才終於告一段落。

「啊～～好累……累到快死了……」

疲倦到快要睜不開眼睛，由沁芷柔帶頭走上樓梯，眾人終於能夠上床睡覺。

幸好隔天就是假日，不然如果熬夜到天亮接著上課，恐怕真的會死掉吧。

最後由桓紫音老師帶領我上樓，據她所說，三樓的走廊末端有一間空房間，可以借給我使用。而桓紫音老師的房間也在隔壁，隨時可以起到監視之效。

但是在上樓的途中，經過二樓時，透過那明亮狹長的走廊，我忽然看見其中一間房間的房門打開，沁芷柔探出半個身體朝我招手。

「？」

我看看上方正在爬樓梯的桓紫音老師，因為疲倦導致黑眼圈變得像真正的吸血鬼的她，顯然沒有注意到這一幕。

「先去沁芷柔那邊瞭解情況，接著再追上老師，應該來得及吧……」

由於沁芷柔招手的動作不停，似乎有某種要事，我猶豫片刻後，還是向沁芷柔那邊走去。

「什麼事？」

我詢問沁芷柔。

「這個給你。」

以有點緊張的低聲調發話，沁芷柔把某樣東西塞到我手裡。

我低頭一看，發現是一副蕾絲花樣的淡紅色胸罩。

收到胸罩，我露出滿臉問號的表情。

但沁芷柔與我恰好相反，她的表情無比肯定。

「輕小說裡面的男主角，在充滿女孩子的環境住下的話，肯定會觸發『因為青春期的好奇心、所以想要女孩子的衣物』的既定劇情吧。所以人家先把這個給你，到時候如果老師問起，你可以說是我主動給的，大概就可以平安無事地度過。」

「……有嗎？我怎麼不知道有這種『既定劇情』？」

我相當懷疑。

「有，至少人家寫的輕小說裡肯定會發生這種事！」

那是什麼淫亂的輕小說啊！還有別把輕小說的劇情與現實混為一談，妳這設定系少女！

我一陣無語，對方的論點簡直是破綻百出，但她那確信無比的表情，又讓我有些遲疑。

於是我打算據理力爭。

「……還有，就算我說是妳給的，桓紫音老師也根本不會信吧？」

沁芷柔搖了搖頭，將雙手手掌在頭上比出一個圈的形狀，大力加以保證。

「可以的，我好歹也向桓紫音老師學習了一年多，早已經建立起深厚的師生情誼，相信我吧！」

說到這，沁芷柔因為整晚熬夜趕稿，疲倦已經到達極點，於是她關起房門，門內很快傳出睡前洗澡的水聲。

「……」

我看看手上的胸罩，感到無語至極。

「而且尺碼好大！光是單邊，就幾乎跟我的臉一樣大了！」

「……什麼東西跟臉一樣大？」

就在此時，我的背後忽然響起桓紫音老師的聲音，只距離兩步遠而已。或許是到處都鋪著地毯的緣故，所以我聽不見她從背後靠近的腳步聲。

因為手中握著難以解釋的奇怪物品，我背上的寒毛瞬間炸起。

而且——這東西根本藏不住。

眼尖的桓紫音老師很快發現我手中的東西，她用抓捕獵物的迅速手法掐住我的脖子，並且發出可怕的詛咒聲。

「——臭小子、才剛剛入住就開始偷香竊玉嗎？把吾事先的監督宣言當作耳邊風嗎？嗯？殺了汝殺了汝殺了汝殺了汝殺了汝殺了汝殺了汝殺了汝!!」

「唔……噗能呼吸了……噗能呼吸了……聽窩解釋……」

被掐住脖子的我，用含糊的聲音拚命想要解釋。

但桓紫音老師明顯聽懂了，於是她打算給我一個機會。

「限汝三秒內說出完美的理由！」

三秒內嗎？真是嚴厲。

但回想起沁芷柔那膨脹到幾乎毫無來由的自信，加上她所宣稱的那「一年多以來深厚的師生情誼」，我對自己即將要出口的說詞，不禁誕生些許冀望。

或許真的可以順利過關吧？

於是，我把沁芷柔給的理由如實道出。

「因為要避免輕小說裡的既定劇情發生，所以沁芷柔主動把這個給我。」

「……」

聽完我的話後，桓紫音老師對我微笑。

受到那微笑的鼓勵，我忍不住也對老師露出傻笑。

「——!!」

但是在下一秒鐘，我的脖子再次被雙手猛然扠住。

「汝在戲耍吾嗎——找死的臭小子——!!」

桓紫音老師的赤紅之瞳裡，燃燒著憤怒的火焰。

「噗是……噗是……我是說真的、真的——!!」

被掐住脖子的我，再次拚命發出含糊的解釋聲。

沁芷柔——妳那見鬼的師生情誼根本完全無效啦！

於是，在心中如此吐槽的同時，面臨桓紫音老師的憤怒，我的頭上多出足足三個腫包。

躺在怪人屋三樓房間內，身體陷入了柔軟的床中，哪怕徹夜未眠，一時之間依舊難以入睡。

房間的燈光未曾開啟，盯著黑暗中的天花板，內心的思緒如潮水般不斷翻湧。

……如同幻櫻在深夜中主動對我伸出援手，怪人社的每一個人，對我都抱有異乎尋常的好感度。

對於此，我不禁產生某種期待。

……就好像她們與我之間的羈絆，仍未被徹底斬斷似的。

「或許，就像曾經的我……對跳躍時間線的幻櫻感到無比熟悉那樣……因為曾經建立起的情感實在太過深厚，形成難以理清的複雜羈絆，所以哪怕幻櫻跳躍時間線後，我應該遺忘一切，但內心深處，依然有殘渣般的記憶斷片存在……」

這也是「過去的我」與「未來的我」會形成幻影出現的原因。

人的記憶有時柔軟，但同時也擁有難以想像的堅韌，足以化為超越一切的情感。

「可是，在最終一戰裡，為了與文之宇宙交換願望，我分明付出了與六校所有人一切的羈絆……做為願望的代價。

「難道說，這是文之宇宙的疏漏嗎……怪人社的眾人，內心如果蘊含來自過去的懷思……哪怕只是依稀存在，以那高額的好感度為出發點，我就能夠輕易建立起與過去同等規模的情感，再次返回眾人身邊，再次擁有一度失去的羈絆。

「可是，我為了兌換六校共數千人的幸福，必須付出的代價勢必也相當沉重。這種程度的願望造成的影響，會如此輕描淡寫嗎……」

又或者，是晶星人女皇必須匆忙趕回母星，導致留下的願望弊病？

因為疲倦，此刻腦袋有些昏昏沉沉。在這樣的情況下，我無法仔細思考前因後果。

「總而言之，先睡覺吧。

「再次甦醒後，或許一切就可以得到解答……」

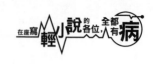

一覺醒轉，已經是當天下午。我摸摸頭，燒已經退了。

因為依稀聽見一樓傳來的交談聲響，所以清醒過後，我跳下床，打開門朝樓下走去。

隨著拾梯下樓，她們的話聲也變得更加清晰。

「……輝夜姬，風鈴認為早餐只吃蘋果糖是不好的哦？這裡有麵包跟果醬，牛奶也有，多少吃一點吧？吶、好嗎？」

風鈴帶著擔憂的勸說傳來。從話語內容聽來，輝夜姬應該非常偏食。

「風鈴大人，請原諒妾身的任性妄為。但蘋果糖無疑是世上最高貴、優雅、華麗的存在，兼具諸多優點為一身的蘋果糖，怎麼可能會缺乏區區『營養』這種既不優雅也不華麗的元素呢？」

嘴巴裡似乎塞滿了蘋果糖，輝夜姬的話聲有點含糊。

「那個、那個……就算妳這麼說……」

恍若在想方設法勸說歪理連篇的小孩那樣，風鈴相當傷腦筋。

「——喵哈哈哈哈哈，就算妳這麼說，雛雪認為蘋果糖也不會變得營養哦？絕對不會哦？」

被前者如此奚落，輝夜姬馬上變得不悅。

「妾身才不想被整天像貓一樣在地毯上滾來滾去或是睡一整天不吃飯的雛雪大人這麼說!!」

中間不帶任何停頓，一口氣說完這段話後，輝夜姬激動地呼呼喘氣。

啊……能激怒輝夜姬的果然只有雛雪了。她那超常的氣人天賦，在這裡得到充分體現。

但雛雪也馬上開口駁斥對方的話。

「雛雪跟妳不一樣哦？畢竟雛雪只要得到色情元素就可以活下去了……就像這樣——我揉！」

「噗——噫呀!!」

沁芷柔噴出一口牛奶後的驚叫聲傳來。從聲音就可以推測雛雪那很好懂的行為模式，大概她又從背後對沁芷柔進行襲胸動作了。簡直是痴漢……不，痴女的典範。

耳聞樓下的喧鬧聲，有一股久違的暖意湧入心頭。

就好像回到了起初，大家都還在怪人社時，雖然時有紛爭與吵鬧，卻也顯得無比溫馨的相處模式。

在怪人社的點點滴滴，形成了祥和的過往，讓我對其產生迫切的渴望。

……我渴望像過去那樣與大家相處。

……幾乎付出了一切做為代價，好不容易活下來的朋友們，我想傾聽她們的聲音，想多見識她們的笑貌——想要目睹她們在屬於自己的舞臺上，散發出最璀璨的光芒。

……就是為了追求這一切，我才會置身於此吧。

哪怕幾近成為廢人的現在，正是因為嚮往她們衍生的希望之光，才能在一無所有的黑暗中不斷堅持、不斷努力下去，一直走到了今天……直到再次接近她們為止。

所以——我——

「所以我……想要再次與大家並肩而行。」

我微不可聞的自語聲，逸散在空氣中。

與此同時，我已經踏足一樓的客廳，看見大家圍繞著和式木桌，進食遲來的早餐。

澎湃的心緒使得胸腔不斷鼓動。

——就從今天開始吧。向她們說聲早安，並嘗試再次與大家成為朋友。

已經下定決心的我，終於打算邁出象徵性的第一步，並說出第一句話。

「早——」

我一句話還沒說完，怪人社的眾人，忽然注意到我，一起轉頭朝我看來。

她們的眼神與表情，使我不由自主地停下話語。

我一怔，在第一秒鐘，我甚至還不清楚自己為什麼會陷入沉默。

但是在思考重新開始運轉，弄懂緣由後，一切卻顯得如此理所當然。

「……」

我停止話語的原因……無他。

幻櫻……風鈴……雛雪……輝夜姬……沁芷柔……桓紫音老師，怪人社的大家，全部都用相當陌生的表情打量著我。

那許多雙妙目，帶著濃厚的惑然與遲疑，就好像在看著一個初次見面的陌生人，但這個陌生人卻忽然出現在自己家裡。

我一怔。

距離我最近的幻櫻，第一個朝我發話。

「你是誰？為什麼會在我們家裡？」

就連幻櫻臉上也帶著些許警戒，

而桓紫音老師更是直接站起身，拿起驅趕惡客用的掃把，做出防備的動作。

「……」

比較膽小的風鈴與雛雪等人，則是縮到了桓紫音老師身後尋求庇護。

「汝的身分為何？膽敢亂來的話，吾就要報警了！」

陌生的語調……陌生的表情……陌生的態度。

一切都是如此陌生，彷彿眾人都是初次與我相遇那樣。

望著眼前這一切，慢慢的，隨著殘酷的事實不斷暗示出某種傾向……於對過往某件事的臆測中，我逐漸明白了一切。

隨著明白現狀，我的嘴角近乎抽搐地微微揚起。

接著，我露出一輩子以來最為苦澀的慘笑。

「原來是這樣……原來是這樣……文之宇宙……好一個文之宇宙……

「哈哈哈哈哈哈哈哈哈……哈哈哈哈哈哈哈哈哈哈……」

曾經一度認為已經再次接近光明的我，在此刻，忍不住按住臉哈哈大笑。

眼淚從指縫中滾滾而落，復又被震落到地上。

「……」

曾經，我早已感到強烈的違和感產生。

但是直到此刻——在那淒苦的泣淚中，所有的前因後果，與一切疑惑的解答，才在一瞬間於心中串聯而起。

過去會有違和感產生，其實道理也很簡單。

「記憶……」

其他人姑且不論，但是風鈴、幻櫻、桓紫音老師這三人，都在「最終一戰」結束後，曾經與我相遇，但她們卻沒有這份記憶。

……風鈴曾在走廊上與我相遇，並詢問我是否身體不適。

……幻櫻在雨夜中，曾經因為跟蹤行為而與我鬥智。

……桓紫音老師曾經在保健室替我包紮傷口，當時更是問過我的姓名。

就算在「六校之戰」中記憶曾被剝奪一次，這三人應該也認得我才對。

可是，於我抵達怪人屋後，淩晨的趕稿聚會裡……輝夜姬在做出這樣的發言時——這三人卻有了微妙的答覆。

「諸位大人，妾身這裡想要冒昧請教一件事——諸位都是初次與這個男人見面對嗎？」

當時輝夜姬這麼問，大家都點頭同意。但假若回顧過往，這所謂的「初次見面」，完全是違反常理。

「……」

思及此，心中的悲苦幾乎無法抑制。

在明瞭一切的此刻，哪怕萬般不願坦承，一切的一切……也都殘酷地指向相同的結論。

「遺忘……」

「或許是因為必須付出的代價實在太大，『願力之天秤』直到此刻也在源源不絕地汲取願力，而做為願力的最大來源——我與怪人社眾人之間的羈絆，才會不斷消失。

「換句話說，很有可能……哪怕我與眾人再次相識，大家也會一次又一次地……不斷忘記我。」

遭到朋友們一再遺忘，同時也將意味著不斷落入相同的循環——直到失去一切勇氣，再也無法從哀慟的漩渦中脫身為止。

一切的推論，在此時化為難以言表的悲傷。

而此刻……面對陌生而又熟悉的怪人社眾人所提問的「你是誰？」，腦海中的千言萬語，在流出淚水的同時，化為了輕聲的答覆。

「我是……」

曾經以獨行俠之王為目標的我，說出了往昔作夢也想像不到的話語。

「我是……妳們的朋友。」

第五章
我們真的記不得

那光，源於原本伸手不見五指的黑暗之中，顯得無比耀眼的希望之火。
然而，如果所謂的「希望」，真的如火焰般溫暖……
那麼，這就是將火焰擁進懷中之人，必須償付的代價吧。

這是我在「最終一戰」前，於練習寫作時，曾經寫下的一段話。
現在回思這段話，與現狀何等貼切。
這天下午，與再次遺忘我的怪人社成員，我將一切如實告知她們。
「……我是妳們的朋友。只是出於某種原因，妳們會不斷遺忘我的存在。」
乍聽之下令人難以信任的發言，在經過一番長久的沉默後，或許因殘存於眾人心中的好感度發揮了作用，她們決定坐下來聽我解釋。
甚至都不需要刻意籌措說詞，僅僅是將對於她們的理解坦承吐露，就足以做為世上最有利的佐證。
因為我是最瞭解她們的人。
正坐在和式木桌前，與少女們面對面對談，我首先看向幻櫻。

「妳很狡猾，習慣以詐欺做為武裝保護自己，將一切拒於千里之外。但內心實際卻十分渴望夥伴的存在，也極力追求著與平等的友人共同攜手前進。」

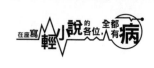

接著我看向風鈴。

「妳的溫柔足以融化人心，但在那柔弱的外表之下，也隱藏著無比的剛強。往昔脆弱的妳，現在已經擁有天下無敵的勇氣。」

我一一將對於眾人的理解道出。

那並非是流於表面的認知，而是更加深層……更加內斂，將這一年多來的情感，化為真摯的言語。

許多事情，世界上只有我一個人明白。

就算是她們對彼此之間，也沒有如此深刻的理解。因為她們有許多人，原本就是追尋著我的足跡，才會進入怪人社。我的存在，曾經是她們嚮往的起點，哪怕此刻無法成為庇護她們的終點，但要敲開她們的心房，證明我曾是做為她們友人的存在……卻已經不是難事。

那是無法偽造、無法忽視，已於內心深處留下的足跡。

沿著那足跡，哪怕羈絆已經消失，她們也能……依稀望見過去我所留下的殘影。

於是，在我將大多數過往如實道出後，眾人的表情有了緩和。

唯獨在「最終一戰」裡的經歷，我隱瞞了大家。我不想讓大家擔心，激動地跳起指著我的額頭大罵傻瓜。

我將其輕描淡寫地帶過，只簡略地提及「文之宇宙」與「願力之天秤」這兩樣事物，並說在那時發生一些變故，因此與眾人之間的記憶，會不斷地從頭建立……如同再次輪迴。

將內心的懷思說明完畢後，時間已經接近傍晚。

因為對於眾人來說，我只是個陌生人。原本我相當擔心眾人不會相信，但出乎意料的，大家都十分認真地面對這一切。

「是嗎？原來『最終一戰』確實發生過……汝等也代表C高中出戰……而且獲勝了嗎？」

桓紫音老師第一個點頭，她驕傲地挺起胸口，很快接受這個事實。

「不愧是吾麾下所率領的闇黑子民，果然十分優秀啊。哼哼……看來將闇黑天幕的範圍籠罩至全世界，也只是時間問題罷了。」

依舊用外人難以聽懂的方式在進行說明，但桓紫音老師如果能開心，這樣就足夠了。

眼看眾人總算接受了這樣的事實，事情似乎告一段落時……

就在這時，雛雪忽然高高舉起了手，做出發言請求。

「等等、等等、等等——!!小雛雪有問題想要發問，想要發問！好奇到胸口快要發脹了哦！」

「……怎麼了嗎？」

看向雛雪，我一怔。

依舊穿著意義不明的魅魔裝扮，雛雪摸了摸自己的胸口，又摸了摸自己的臉頰，然後認真地開口發問。

「臉頰好燙……心臟也怦怦亂跳……老實說，光是看到學長你的存在，雛雪就快要克制不住自己發情的衝動了。啊啊……這種感覺還是第一次有，就算腦袋已經想不起與學長之間的事，但顯然雛雪的身體已經記住了學長!!」

雛雪的形容方式，讓風鈴有些臉紅。就連幻櫻與輝夜姬這種接受能力強大的人，也露出「這傢伙真敢說啊」的怪異神色。

我也有些頭痛。

「……可以不要這樣形容嗎？」

「……!!」

但雛雪這時候忽然把手掌貼在桌子上，整個人上半身前傾，朝我的方向貼近。認真地用那一對愛心眸盯著我看，雛雪進行最後的發言追擊。

「──所以說，在那大家都已經遺忘的過往裡，雛雪是學長的女朋友吧？肯定是的，肯定是吧～～～～～!!否則雛雪怎麼會這麼難過，全身都湧現想與學長結合為一體的搔癢感受!!」

雛雪的猛攻讓我難以招架。

「呃……那個……其實呢……」

就在我想要委婉措辭，不失禮地加以回覆的時候，雛雪的身旁忽然傳來「噗哧」一聲的竊笑。

大家沿著聲音的方向看去，發現那竊笑是桓紫音老師所發。

「呵呵呵……哈哈哈哈哈哈……」

竊笑已經轉為無法制止的大笑聲，桓紫音老師像是聽到某種世界上最好笑的發言那樣，難得失去威嚴形象的她，這時候已經捧著肚子笑倒在地毯上。

笑了足足有十秒鐘，甚至笑出了眼淚，這時候桓紫音老師才終於坐起，努力擺出平時的表情。

「啊……抱歉抱歉，一不小心笑過頭了。但是如果像柳天雲……還是吾該稱呼汝為零點一？假若汝剛剛所說的一切屬實，無半分虛假，那麼……由嚴格無比的名師——也就是本皇女所統領的怪人社，是不可能出現那種有礙學習、敗壞風紀的男女戀愛情事的。」

擦去眼角的淚水，桓紫音老師這麼說。

她雖然在笑，但語氣卻極為自信。

「這樣吧，為了佐證吾的言論，就由身為詐欺師的幻櫻，藉由測謊的方式……來證明在英明的本皇女的領導之下，零點一與各社員之間的清白吧。」

於是在桓紫音老師的示意下，幻櫻將手指按在我的手腕上，以脈搏測謊的方式來辨明真偽。

「你與雛雪之間是清白的，從來沒有過男女之間的曖昧嗎？」

聞言，我微一遲疑。

但我還是點點頭。

「他說謊。」

向桓紫音老師如此報告的同時，不知為何，幻櫻忽然恨恨地瞪我。

桓紫音老師的表情也變得陰沉許多。

「居然……居然嗎？在血統高貴純正的吸血鬼皇族帶領之下，吾麾下的血之民……居然也會產生叛變嗎……」

如此喃喃自語後，像是為了掩飾自己的失利，桓紫音老師勉強露出笑容。

「不過，即使如此……這肯定也是個案吧。血之民的叛變不可能一而再、再而三，畢竟汝等可是由聰明睿智的吸血鬼皇女所領導。」

接著，桓紫音老師將手指向風鈴。

「幻櫻，問清楚零點一與首席黑暗騎士之間的關係！」

幻櫻點頭，並且再次朝我發問。

「你與風鈴之間是清白的，從來沒有過男女之間的曖昧嗎？」

我也再次點頭。

「他說謊！」

幻櫻的表情變得相當難看。

至於桓紫音老師的臉色則是一再變化，先是由白轉青，接著由青轉黑，她終於按捺不住激動，拚命大吼出聲。

「——給吾接下去測試!!把輝夜姬跟乳牛還有汝全部測過一遍……吾不信吾的御駕之下會如此無能！」

收到老師的指示，於是幻櫻連續進行三次測謊。

「你與沁芷柔之間是清白的，從來沒有過男女之間的曖昧嗎？」

「你與輝夜姬之間是清白的，從來沒有過男女之間的曖昧嗎？」

「你與我之間是清白的，從來沒有過男女之間的曖昧嗎？」

最後提及自己時，幻櫻的臉微微一紅，那模樣看起來非常可愛。

然而，最終的測試結果，卻讓桓紫音老師徹底失控。

「他說謊。」

「他說謊。」

「……他說謊。」

聽見這樣的成果報告，桓紫音老師撲了過來，抓住我的領口用力前後搖晃。

她的表情，很像童話故事上的惡鬼。

「臭小子——汝這傢伙究竟是多麼惡劣的花心男人——!?汝在開後宮嗎？怪人社難道是汝的後宮嗎!!」

「窩噗能呼吸了……噗能呼吸了!!」

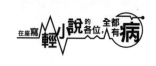

幸好在這時，風鈴替我求情。

「那個，請原諒前輩吧。雖然已經失去關於前輩的記憶……可是呢，風鈴有種直覺，前輩一定是個很溫柔很溫柔的好人……以這份隨時會受到傷害的溫柔來面對人生，懷有這樣的勇氣，或許就是前輩獲得所有人的信任──以及喜愛的原因。」

對著憤慨的桓紫音老師如此發言，風鈴十指交握，緊張之情溢於言表。

「……溫柔？」

桓紫音老師聞言思考片刻，最終陷入緘默後，她慢慢鬆開手。

終於能夠喘口氣的我，心裡覺得風鈴簡直就是天使，風鈴最棒了！

「雖然桓紫音大人會陷入震怒，妾身可以理解背後的原因……」

在這時候開口插話的輝夜姬，明顯是全場最冷靜的人。

她居然鎮定地坐在一旁喝茶，那悠然自得的模樣，會讓人產生她彷彿不是局中人的錯覺。

「……但是呢，桓紫音大人，請恕妾身無禮。現在最重要的是，應該是研究如何解救柳天雲大人，將他從不斷被眾人遺忘的痛苦中解救出來。」

盯著茶杯中冒出的氤氳蒸氣，輝夜姬侃侃而談。

「……因為，柳天雲大人雖然刻意淡化『最終一戰』的經過，而我們也不記得那段往事……但是呢，必須在寫作博奕中贏過冷血的晶星人，使晶星人答應讓六校數千人回歸現實生活……這是以前根本無法想像的事。因此，柳天雲大人肯定付出了某種巨大的代價，單是羈絆消失恐怕還不夠，他多半還押上了其他的東西，來換取妾身與諸位大人此時的平靜生活。」

幻櫻也點頭同意。

她順著輝夜姬的話，繼續說下去。

「換句話說，我們必須先得知柳天雲在『最終一戰』中究竟失去了什麼東西，才有可能逆轉『願力之天秤』的影響，使一切回歸正常。」

輝夜姬與幻櫻輪番發話過後，眾少女一起看向我。

面對她們的目光，我感到血液瞬間逆流，內心一直以來不願面對的情況，終於在此刻發生。

……因為我明白。

我明白的，說出真相會造成什麼後果。

對於到達第四念程度的輕小說家來說，失去道心、文意、寫作才能這三樣東西，可以說比死還痛苦。

而——同樣深切知曉其重要性的怪人社眾人，如果聽聞真相，肯定會因此自責落淚，難過到無法自已。

以往，為了避免將自身的不幸與噩運帶給眾人，我才會不斷想要遠離大家。哪怕是與她們重新會面的現在，這種想法只會變得更加強烈。

幻櫻……風鈴……雛雪……沁芷柔……輝夜姬……桓紫音老師，在前一次、又或者這一次的時間線，我曾一再目睹她們化為存在之力消散死亡，順著悲傷的風勢遠颺他方。

我已經……不想再看見大家死去了。

我已經……不想再看見眾人不幸了。

所以──

「……沒什麼，我很好。就算維持現在這樣也沒關係，因為我原本就是個無足輕重的小人物。」

「願力之天秤」散發的願力，甚至能夠讓眾人起死回生，是堪稱奇蹟的存在，勢必無法輕易逆轉。

因此，哪怕要將淚水吞入腹中，為了不使噩運擴散，現在我也必須撒謊。

因此……我朝大家攤開雙手，聳聳肩，努力裝出不在乎的表情。

「是呀，這根本沒什麼。就算大家會忘記我，只有我必須獨自離開，能用一點點東西換取那麼多人的幸福，不覺得很划算嗎？」

甚至我擠出了一個笑容，正要向大家繼續說出違心之言時……

……寬敞的客廳裡，忽然同時響起兩道激動的呼喊聲。

「「──不准逃避!!」」

幻櫻與沁芷柔緊緊握住雙拳，不約而同發出大喊聲。她們兩人對望了一眼，然後由幻櫻先開口發話。

「就算已經無法記起過去的事，但總覺得你就是這樣的人，只想將所有的苦痛吞入腹中，哪怕力有未逮，也總是想要逞強地獨自對抗整個世界——剛剛說出『我是……妳們的朋友』這句話的人也是你！並不是單方面付出，必須一起解決痛苦與煩惱，這——才是所謂的『朋友』吧!!」

在說到最後一句話，提及「朋友」兩字時，幻櫻變得更加激動。

而沁芷柔也指著我的鼻子，白皙的俏臉也氣得通紅。

「——啊啊……氣死人了！總感覺你是一個逃跑慣犯，彷彿你以前也這樣逃過許多年！別想再拋下人家了，如果心裡有話要說，就像個男子漢一樣爽快地說出口！如果失去記憶前的本小姐有可能喜歡你，那你就不要辜負人家這份喜歡，留在大家身邊……也留在我的身邊!!」

沁芷柔的後半段話，真情流露，已經近乎告白。

一口氣把這段話說完，接著沁芷柔才意識到自己似乎說出某種不得了的話，慌亂地發出「啊」的一聲，慢慢低下頭去，剛剛的氣勢瞬間消失無蹤。

幼年時，因為固執的孤獨，我曾拋下沁芷柔獨自離去，兩人就此分離。

直到上了高中後，於畢業旅行中……我與沁芷柔才終於正式相認，並且成為朋友。

於「最終一戰」時，沁芷柔在死前也曾經述說對我的喜愛，但當時我沒有太多時間，能細細品味其中的用意。

——直到了現在，聽見沁芷柔在這麼多人面前勇敢告白，她這麼多年以來累積的心意徹底爆發，我才有了深刻的理解。

她不願意我離去。

哪怕記憶已經消失，但那份從幼年時期就累積到現在的孤獨感，卻依舊留存了下來。

比任何人都更害怕寂寞，所以沁芷柔才能夠超越「願力之天秤」給予的侷限，憑著模糊的印象，道出這番話來。

「……」

而幻櫻也是。為了拯救我，她不惜犧牲自身，在利用晶星人的機器進行時間跳躍時承受折磨靈魂的苦痛，最後才來到了我的面前，並給予新的時間線……希望的契機。

我看向幻櫻，又看看沁芷柔，內心的複雜難以言喻。

毫無疑問，這兩個人都是喜歡我的，而且是男女之間的那種喜歡。

因我的名號而取名為風鈴的風鈴……也是同理。

為了喚醒我的道心，不惜以身殉局的輝夜姬，亦不遑多讓。

雛雪也不例外，因我而加入怪人社的她，始終追隨著我的背影，並曾經要我給予「一輩子贖罪」的答覆。

此刻，面對這樣的大家，望見她們那殷切的眼神——正因為對於她們的用意有深刻的理解，所以心情才會如此複雜，如同浪湧般起伏不定。

最終，我點點頭。

迎著大家投來的眼神，許久許久以來，都已經沒有這種溫暖的感受。

第六章 明天，我要和昨天的你相識

於是，我將一切告訴眾人。

在明白我用來與「願力之天秤」交換的一切代價，怪人社的所有成員都露出沉重的表情。

她們也都是輕小說領域的佼佼者，沉浸寫作時日長久，所以這份痛苦，她們也越發感同身受。

但是幻櫻很快打起精神，試圖替困境尋找新的出路。

「呼嗯……總之，先來歸納現狀吧。」

幻櫻拿來了紙筆，在紙的正中間畫了一個Q版的藍色小人。

「如果將這個小人比喻為柳天雲……」

接著她又在紙上畫了許多紅色小人，圍繞第一個藍色小人。

「……而圍繞在旁邊的小人是我們，再假設以柳天雲為核心點，他身上會固定發生被『願力之天秤』吸取願力的怪異現象——其引起的後果，就是我們對於柳天雲這個人的記憶，每天都會徹底歸零。」

沁芷柔微微歪頭，接著幻櫻的敘述發言。

「……呃，就像在玩遊戲時，一直開新檔案重複遊玩那樣的感覺？哪怕以前完成過再多任務，在新檔案中也不會留下任何紀錄。」

「有點相似。」

幻櫻這時候將所有紅色小人身上各畫出一條線，牽連到中央的藍色小人身上，與其相接，象徵我與眾人的羈絆。

然後她又畫了一個巨大天秤，懸在眾小人的最上方。

她繼續開口分析現狀。

「但是，你們不覺得奇怪嗎？」

「從柳天雲的轉述聽來，使用『願力之天秤』有個前提條件——那就是必須付出等量的代價，才能實現換取願望的資格。」

幻櫻在天秤的左右兩邊的銀盤上，畫了一個同樣大小的圈。左邊的圈中寫著「代價」，右邊的圈內則寫著「願望」。

「承上，也就是說，在柳天雲當初付出他的道心、文意、寫作才能等物，與『願力之天秤』達成協議，實現願望的那一刻——至少在那一瞬間，代價與願望是等價的，所以文之宇宙的效力才會發揮，促使『願力之天秤』生效。」

幻櫻的分析十分有條理，所有人聽到這都是點頭同意。

接著，幻櫻思考片刻，又繼續說下去。

「換句話說，現在柳天雲的身上又被汲取做為代價的願力，只存在一種可能性。」

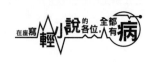

幻櫻將天秤的繪圖略做修改，右邊放著「願望」圓圈的銀盤，打破原本的均勢，變成傾斜下沉的狀態。

「——那就是，柳天雲原先所許的願望，已經被超額實現了。為了平衡這種狀態，柳天雲才會變得極端不幸，並且不斷被剝奪願力的最大來源，也就是與怪人社成員之間的羈絆。

「還記得柳天雲剛剛提到他許過什麼願望嗎？**『所以復活吧，六校之戰的所有人——!!回到原本的日常生活中，懷抱你們應該擁有的幸福!!』**。

「他不但要求復活六校中死去的無數學生，還一併要求了『幸福』這點。

「而『應該擁有的幸福』這點是非常主觀的——這是一種可以不斷衍生、不斷被追加的概念——就像如果撿到一百塊錢，又用這些錢賭博意外賺到一千塊錢那樣——那多出來的九百塊錢，可能就會被『文之宇宙』認為是因其而誕生的額外幸福。

「也就是說，如果藉著『願力之天秤』給予的幸福，進而獲得更多幸福的話，那超額完成的願力分量，就會化為等價的不幸向柳天雲襲來，壓得他再也無法翻身。」

聽完幻櫻的解釋後，眾人終於明瞭事發的原因。

但眾人的表情卻沒有變得輕鬆，反而更加凝重。

沁芷柔思考片刻，接著如此發問。

「可是，包含我們在內，柳天雲換取了數千人的幸福……如果這些幸福必須付出的代價會不斷膨脹增加，柳天雲不就永遠也還不完嗎？」

幻櫻點點頭。

「就算是我，現在也想不到什麼好辦法。除非柳天雲能再次付出與其相應、能夠不斷增生的代價，否則就永遠無法阻止代表『願望』那方的銀盤下沉與汲取願力。」

付出與其相應、能夠不斷增生的代價？

思及此，我不禁黯然。

付出寫作才能、道心、文意、羈絆等物之後，我已經是個空空如也的無聊男人。就連付出生命，大概也只能換取微不足道的代價吧？

於是我搖搖頭，露出苦笑。

「夠了，維持現在這樣也沒關係。看見大家這麼替我著想，我已經很滿足了。」

「——才不是沒關係!!」

雛雪忽然於此時大喊。

維持第二人格模式時始終十分吵鬧的雛雪，剛剛在旁邊安靜許久，這時候聽見我如此發言，卻發出激動的大喊聲。

像動物一樣四肢著地在地毯上前進，爬到我面前，雛雪將上半身向我湊近。

她的愛心眸裡，帶著無比的堅定與執著。

「既然都住進雛雪的內心裡了，就給雛雪好好負起責任來，讓雛雪想起過去的一切！不要逃避、也不准推託，因為過去的雛雪會喜歡上學長，一定有數不清的回憶與理由——失去了那些理由，雛雪會沒辦法活下去的、會死翹翹的！所以哪怕是為了雛雪也好，打起精神來吧，勇敢往前邁進!!」

將誠摯的情意盡數道出，這樣子的雛雪，這樣子的發言，讓我久久無法言語。

這時沁芷柔不爽地扠腰，瞪向雛雪。

「等一下，妳怎麼趁亂告白？雖然記不起詳細情況了，但總覺得妳以前好像也幹過這種事？」

雛雪立刻還擊。

「妳才沒有資格說雛雪!!剛剛妳不是也這樣做了嗎!!」

雛雪與沁芷柔四目對望，於兩人視線相接的中心點，似乎有火花在半空中擦出。

眼看兩人似乎就要展開爭吵，但這時輝夜姬卻放下已經喝完的茶杯，並且徐徐邁步，插到兩人的中間，豎起雙手手掌，比出停止的手勢。

「……且慢，請恕妾身無禮。但是呢，雛雪大人，沁芷柔大人，諸位爭吵的論點與理由，似乎太過薄弱了吧？」

發現輝夜姬出面，我忍不住鬆一口氣。

平常冷靜、泰然自若的輝夜姬，肯定可以控制局面吧——堅信如此事實的我，微笑看著輝夜姬，打算見識她的手段。

於是，立於火藥味濃厚的戰場中心點，輝夜姬以袖子遮住半張臉，緩緩道出自信的宣言。

她袖子之上露出的雙眼，有著罕見的銳利。

「說諸位的論點薄弱……是因為不管怎麼看，柳天雲大人都應該是妾身的婚約者吧？源於那幾乎被忘懷的過去，柳天雲大人肯定曾為妾身取來火鼠裘、玉樹枝、龍首之玉一類的寶物，妾身深切受其感動，內心才會不斷湧起『將自身托依給這位大人也無妨』的感受。」

火鼠裘、玉樹枝、龍首之玉這些寶物，是《竹取物語》裡的輝夜姬，對求親者提出的考驗。如果取來這些信物，才有迎娶輝夜姬的資格。

雖然這個典故大家都明白，但現在輝夜姬說出這番話，無疑是火上加油。

因為原先想要勸架的風鈴聽見這番話，按著胸口，轉而露出下定決心的表情。

「那、那個……風鈴也……」

幻櫻則是滿臉不爽，似乎也隨時會加入戰場。

……最後是桓紫音老師。

帶著無奈與氣悶，桓紫音老師深深吸了一口氣，接著發出足以震落天花板灰塵的大吼聲。

「——一群搶男人的發情大笨蛋!!給吾重回正題!!」

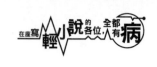

場面終於回歸平靜。

除了雛雪還在地上打滾與貓玩耍之外，其他人都已經重新圍繞在和式木桌前，發起第二次會議。

之前幻櫻的推論很有可能是正確的，也就是說，必須再付出某種會不斷增生的代價給予「願力之天秤」，才能終止目前不斷被汲取願力造成的悲劇循環。

但是，能夠不斷增生的代價，究竟是指什麼呢？

沁芷柔首先提出建議。

「黃金地段的地契怎麼樣？例如東京市中心的房子。如果給予金錢價值會不斷增值的東西，這樣應該也算數吧。」

但幻櫻聽了卻搖搖頭。

「不行的，那種東西對文之宇宙而言，幾乎毫無價值，恐怕只能交換少得可憐的願力。柳天雲之前曾說過，他即使付出性命也只能等價復活一個人，但他接近『第五念』的寫作才能，卻足以增生百倍、千倍於此的代價。

「而寫作最需要的就是情感……因此當柳天雲接著付出『蘊含強烈情感的羈絆』，才終於滿足『願力之天秤』的啟動條件。」

所以給予外物是行不通的。

文之宇宙認為有價值的東西，必定也是與寫作相關的事物。原理雖然簡單，但相對的範圍也會變得十分狹窄。

眾人討論足足三個小時，始終想不到好辦法。

雛雪也在這時候抱著貓爬過來，已經換上貓貓套裝的她，朝大家伸了伸布製的爪子。

「喵喵，喵喵喵！」

雛雪這麼說。

「什麼啦？」

桓紫音老師等人都是皺眉，但不知為何，風鈴卻能夠聽懂雛雪的發言。

於是，風鈴代替雛雪解釋。

「那個……雛雪剛剛說，如果想不到解決方法，那就先思考要怎麼與學長相處吧，以及學長該何去何從。」

「那五個喵居然能傳達這麼多意思喔！」

沁芷柔顯然相當震驚。

「……」

眾人也都陷入沉默。

但是沉默過後，桓紫音老師立刻替我決定接下來的計畫。

「該何去何從？那還用說，既然身為怪人社的一員，當然是在這裡住下來修煉寫作了。零點一的父母那邊吾會去溝通，儘管交給吾吧，說服別人是吾的超級強項。」

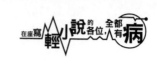

住下來修煉寫作？但是我已經……

彷彿看出我的遲疑，桓紫音老師卻拍拍我的肩膀。

「放心吧，重新起步也沒關係的。」

聞言，我一怔。

……過去，我曾無數次想要動筆寫作，但因文思會在腦中破滅，導致無法寫下半個字。

也就是說，因為失去寫作才能與文意，我甚至缺乏重新起步的資格。

但我沒有駁斥桓紫音老師的好意，只是勉強笑著，對她點點頭。

而風鈴則露出溫柔的笑容，繼續進行話題。

「對了……既然我們會不斷遺忘前輩的一切，那麼就把前輩的事記載在紙上，這樣隔天不就能夠很快理解情況、再次認識前輩嗎？」

「……就好像老人的備忘錄那樣？風鈴大人，您提出的主意相當實用。」

輝夜姬這麼稱讚。

幻櫻也發言讚許，接著她提出一個建議。

「──既然如此，那我們今天就通宵進行實驗吧。觀察記憶消失的癥結點，究竟是發生在哪一個時段。並且隔天失去記憶的我們，看見備忘錄之後能不能記起一切。」

眾人都點頭同意。

於是，實驗開始了。

「……」

在經過連續三天的實驗後，我們發覺記憶消失的時刻，往往是固定的。

凌晨五點。

每當度過凌晨五點，怪人社的所有成員，對於我的記憶就會徹底歸零，再也不存絲毫。

哪怕異常的好感度依舊存在，但她們確確實實會不斷遺忘我。每一天，我都必須並重新向眾人重新自我介紹，告知她們過往的一切。

而且，備忘錄的建議是無效的。因為就算在紙上寫滿關於我的紀錄，時間一到凌晨五點，那些字跡也將全部消失。

明瞭一切後，來到怪人屋的第三天晚上，走到房間的陽臺外，望著星空，我忍不住笑了。

這笑容裡卻殊無歡樂之意，滿是挫折與苦澀。

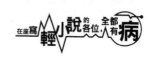

「原來如此……難怪晶星人女皇如此放心返回母星，等著三百年後觀看過往的影像……」

「因為，文之宇宙神奇的願力，同時也是世上最大的詛咒。」

「只要『願力之天秤』依舊在汲取願力，我就永遠無法擺脫這個詛咒，回到過往的幸福當中。」

明瞭所有後，我一個人獨處，陷入沉默的時間也越來越長。

在入住怪人屋的第四天，這天沁芷柔在重新認識我後，對我這麼說。

「──不如這樣吧，我們來約定一個暗號。」

「……暗號？什麼暗號？」

沁芷柔對我豎起右手食指，露出自信的表情。

「每天凌晨五點，大家就會忘記你對吧？所以人家想告訴你一件事，這是只有我自己知道的心聲。如果聽你說出這件事，那我就會無條件地相信你，可以快速驅離首次邂逅時的陌生與防備！」

「哦哦哦！」

……有道理。

既然我對眾人的記憶可以順利保留，那只要告知我……只有她們本人得知的某種情報，當然就能迅速取得信任。

看見我恍然大悟的樣子，沁芷柔露出得意的表情。

「聽好了，因為人家一直嚮往像故事中那樣，有白馬王子前來解救我……所以，只要你說出『我是自悲傷的過往中而生……前來解救妳的白馬王子。』這句話，我就會立刻相信了！」

「好尷尬！這句話也太尷尬了吧！」

「吵、吵死了，不行嗎！人家是好心想幫你耶！」

因為必須說出自己藏在心中的祕密，沁芷柔被這麼吐槽，立刻惱羞成怒。

哪怕我如此吐槽，也不得不承認這是個好方案。

於是眾人記憶被重置的隔天，當我初次碰見沁芷柔，立刻實施昨天提及的方案。

「我是自悲傷的過往中而生……前來解救妳的白馬王子。」

「——哈？你是笨蛋嗎？」

回以非常不屑的語氣，加上超級嫌棄的表情，沁芷柔迅速偏過頭去。

嗚啊！妳這大騙子！快向昨天稱讚這個主意的我道歉！說好的驅離陌生與防備呢？

但是如果仔細觀察，可以發現沁芷柔對那句話其實起了動搖，只是不願意坦承而已。

「原來如此……妳沒有計算到明天的自己會有多傲嬌啊……」

瞭解原因後，我的怒火稍減，轉而對沁芷柔投以同情的目光。

「什麼啦？再亂說我就揍你喔，話說你到底是誰啊？」

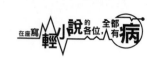

我舉起雙手表示投降，再次向大家解釋自己是誰。

進入怪人屋第十天後，桓紫音老師開始教我寫輕小說。

然後，如同先前所料想的，就算接受名師教導，也沒辦法動筆寫作。

——因為所有寫作者都不例外，必須有道心及文意做為基礎，以此將情感延伸，筆下才有產生文字的可能性。

而在與「文之宇宙」進行願望交換後，原先道心所在的位置已經是空空如也，文意更是點滴未存。

且，就連這兩者相生共依的寫作才能，此刻都遭到剝奪。巧婦難為無米之炊，所以桓紫音老師就算再怎麼厲害，也無法使此刻的我再現往日的榮光。

不久之前，桓紫音老師在保健室裡，以「赤紅之瞳」看向我並給出的評語，至今仍記憶猶新。

……就像殘存的餘燼裡……剩下點點火星那樣，弱到已經覆滅，不足以再形成火勢。

桓紫音老師的形容很正確。

昔日的榮耀，只會成為此刻的悲傷與苦痛。無法逃離、無法解脫，進而在命運的囚籠中絕望發狂。

「認識，然後是遺忘……」

「再次認識，並且再次遺忘……」

我拿到了怪人屋的鑰匙，成為了怪人屋裡的固定住戶之一。

但是，不斷遭受大家遺忘，看見大家一次又一次……為了拯救我，絞盡腦汁地熬夜到天明，內心的憂愁只有逐漸加深。

因為依舊是高中生的怪人社成員，大家必須兼顧學業與出版事業，現在又常常必須分神思考我的事……在極端的忙碌下，哪怕她們依舊在強顏歡笑，但我能看得出來，她們正一天天變得更加憔悴。

於是，察覺自己在替夥伴帶來困擾，我的臉上的笑容也變得越來越勉強。不存歡愉的面容下，隱藏的是不願再次步向明日的淚水。

——是啊，到了明日，一切又必須重來。

——是啊，到了明日，夥伴們又會遭憂愁所侵擾。

正因為太過在意我的存在，正因為無法割捨曾經的情感，哪怕一次又一次地必須重新與我結識，她們也從未有過怨言。

但我心知肚明，自己正在成為夥伴們的負擔。

「……」

就在入住怪人屋滿一個月的那天，輝夜姬病倒了。

哪怕接受了「願力之天秤」給予的幸福，不再如以往孱弱，輝夜姬依舊是最需要注意健康的人。

而這一個月以來，太過溫柔體貼的輝夜姬，因為無法對我坐視不管，常常徹夜未眠思考解決方案。她也因此漸漸埋下操勞過度的病因，並於此時終於爆發，產生高燒一病不起。

看著為了照顧病人而變得忙碌起來的怪人屋，雛雪在替換冰毛巾，而風鈴在準備舒適的衣物，在旁邊觀察的我沉默許久，內心逐漸有了決定。

再次立於房間陽臺望著星空，連那星空似乎也變得黯淡無光。

思及過去與現在，我輕輕嘆口氣。

「……過往的至高榮耀，是今日的掠影浮光。

「一切已然成空，那我又何必繼續執著。」

然後，我又想到怪人社的夥伴們。想到她們對我的好，想到她們對我的喜愛──但此刻，那無盡的善意，也將成為同等的負擔，壓得她們喘不過氣。

所以，已經夠了。

「我……柳天雲……至今得到的幸福，已經足夠多了。我曾經無限接近於第五念，成就天下無敵之勢。與怪人社的友人們快樂共度的那一年，也能成為我最珍貴的寶物……

「因此……我已經很滿足了。哪怕日後受的苦難再多，我也能記起今日，瞭解這個世上，曾經有人對我真正好過。」

所以，是時候該離去了。

但是，我不能辜負眾人這段時間以來付出的心血，就此悄悄離去。

就算她們會在隔日遺忘所有，我也必須給予這些——我世上最重要的至親們，一個最後的交代。

於是，又一個星期過去後，等待輝夜姬恢復健康，這天晚上，我與怪人社的眾人們，於一樓客廳內再次聚會。

這次的聚會，是我發起的提議。

彷彿察覺到我內心的凝重，就連平常最喜歡胡鬧的雛雪，也安安靜靜地坐在一旁。懷裡抱著貓咪的雛雪，默默地望著我，愛心眸裡滿是憂思。

眾人的視線都集中在我身上。盤腿坐在和式木桌前的我微微一笑，試圖在最後的時刻，能展現出不負怪人社社長名號的風範。

「……我要離開了，離開這裡，去很遠很遠的地方。」

聽見我這麼說，有人急著想要插嘴，但是我打斷了她們的話聲。

然後我繼續說下去。

「……我就算一個人也沒關係。就算孤獨，哪怕寂寞，也已經心滿意足。

「因為，我所失去的幸福，將會在妳們身上得到實現與延續。

「就連我不曾看見過的……位於寫作之道更上方的道路，妳們也將做為我的雙眼，去替我見識那無限的精采。

「所以說……」

——!!

就在我說到這裡時，幻櫻終於抓準時機打斷我的話，並且急切地出聲。

「不准！不准你逃走，你可以好起來的，失去的寫作才能、道心、文意總有一天可以想辦法取回，被『願力之天秤』汲取的願力也有終結到來的那一天……所以——」

幻櫻說到這，已經是淚流滿面，哽咽到話語無法繼續。

比任何人都更加聰明的她，大概也明白自己的話有多不切實際。

是啊，就算號稱連死神都能騙過的幻櫻，那個彷彿無所不能的詐欺師，這一次也束手無策了。

因為此刻束縛我們的，將所有人勒得喘不過氣來的，是冷酷無情的命運。

……已經徹底成為寫作廢人的我，沒有東山再起的可能性。

……而「願力之天秤」的願力汲取，只要六校這數千人都還活著，就會源源不絕地持續下去。

也就是說……已經無可救藥的我，是時候該離去了。

但是為了不辜負眾人的真誠，我不能悄無聲息地離開，必須給出一個解釋——才能替怪人社的悲傷，劃下除了我之外、不再有任何人事物留下遺憾的句點。

想到這裡，我微微一笑。

接著，我看向幻櫻，輕聲發問。

「妳喜歡我，對嗎？」

幻櫻原本咬著下唇正在流淚，聽見我如此發問，沉默片刻後，堅定地點頭。

「……嗯，喜歡。」

幻櫻的發言，不帶一絲猶豫。那堅定的動作，彷彿包含兩次時間線做出犧牲的覺悟。

過去為了拯救我，幻櫻可以說是不惜一切。

因此，現在為了將恩情還給幻櫻，我就不能自私地在怪人屋中留下。

我又轉頭看向沁芷柔。

「妳喜歡我，對嗎？」

往常不坦率的沁芷柔，這時候的回答，卻無比迅速。

「……喜歡，非常喜歡。從小時候開始就一直喜歡了，從堆沙堡那時就一直喜歡了！」

短短的句子裡不斷強調同樣的詞彙，本應能言善道的輕小說作家，卻於此時一連說了四次喜歡。或許是因為沁芷柔的腦海裡，只剩下最單純的情感吧。

看見沁芷柔，想起小時候與她在沙堡對抗「惡霸小鬼五人眾」的往事，記憶如沙漏般不斷流逝，一直閃現到了在六校之戰中的點點滴滴。試圖照著攻略本去攻略沁芷柔、在怪人社中與其爭執笑鬧、直到畢業旅行時的雙方坦承——隱瞞多年的想法，才終於有了去向與終點。

沉默片刻後，我又看向風鈴。

「妳喜歡我，對嗎？」

「……嗯。是的，風鈴喜歡前輩。」

風鈴的話語雖然簡短，但堅毅的表情，卻充分表達其決心。

起初有人群恐懼症的風鈴，因為嚮往我而開始寫作，進而找到了自我。所以她的外號是因我而生，在因緣際會下，也因我而加入怪人社。世上最溫柔的風鈴，在後來也變得勇敢，能夠獨立處理一切。

現在的風鈴，已經不是以前為了柳天雲而活、幽居在屋內的那個膽小鬼了。風鈴就是風鈴，她應該找到屬於自己的道路，就像真正的風鈴那樣，響聲悠揚而自由。

我又看向雛雪。

「妳喜歡我，對嗎？」

「……」

雛雪第一時間沒有答話，而是將懷中的貓咪慢慢放在地上，接著像貓一樣，用掌心擦去眼角的淚水。

「沒有前輩的話，雛雪會死翹翹的！一定會的，絕對會的！所以學長現在不管說什麼雛雪都不會聽，不聽不聽不聽！」

面對雛雪遮住耳朵的任性動作，我豎起手掌，做出安撫的樣子。

也在這時，我想起剛進入怪人社的雛雪，往往只有轉換為第二人格時，才會用奇怪聒譟的行為騷擾別人。但是到了後來，就算是沉默寡言的第一人格，也慢慢開始會笑，甚至願意開口說話……

雛雪的兩種人格，同時也是兩種刻意營造出的不同面貌。隨著卸下心防，在六校之戰的那一年中，也在不斷融合、同步……越來越相像，到了現在，展現在我們眼前的，也就是卸下所有心防、坦承自我的雛雪。

起初孤獨的雛雪，在怪人社找到了夥伴，找到了能夠信賴的對象，因此終於展現出真正的她。

對此我感到欣慰，雖然雛雪常常讓我感到又好氣又好笑，但雛雪的存在，是怪人社不可或缺的一部分。

於是在對雛雪露出笑容後，我又望向輝夜姬。

然後，我對輝夜姬發問。

「妳喜歡我，對嗎？」

「……請恕妾身的無禮與直白，但您真是明知故問呢，柳天雲大人。雖然不清楚您過去曾為妾身取來火鼠裘、玉樹枝、龍首之玉、佛缽之石其中哪一樣寶物，但妾身對於您的好感度，卻無疑壓倒性地勝過對於俗物的渴望。」

將傳說中的寶物稱為俗物，如此乾脆地對我回覆，輝夜姬將一杯冒著煙的熱茶，順著和式木桌推到我面前。

她雖然表面上平靜，但推動茶杯時那顫抖的手，卻出賣了主人的真正心緒。

以《竹取物語》中的輝夜姬自號，雖然嬌小可愛，但卻擔起身為A高中領袖的重任。但這樣子的輝夜姬，同時又有孩子氣的一面，各種面貌下都擁有迷人的魅力。

剛進入怪人社的輝夜姬，嚴肅而又拘謹，徹底將自己當成了外人。哪怕成為了社員，也始終認為自身無法得到大家真心喜愛——也是因為這樣，在獲知大家對她真心認同時，輝夜姬才會落淚跪地，感動到無法自已。

——諸位大人的真情，妾身必以十倍報還。懷抱著這樣的理念，輝夜姬在「最終一戰」的前夕，為了拯救我的道心，不惜付出性命出戰，並於該戰中隕落。

哪怕如此，昔日的輝夜姬在死前也沒有對我產生絲毫怨恨，甚至其在「轉轉城堡君」中留下的殘念，還一度依附在我身上，成為之後的溫暖與助力。

溫柔地望向輝夜姬，我知道她可以明白我的意思。在這一刻，哪怕心傷欲碎，輝夜姬也會展現她那無私的成熟。

「……」

環顧客廳內的大家，像是要將她們此刻臉部的每一個細節都牢牢記住那樣，我的視線在怪人社所有成員臉上一一掃過。

幻櫻……風鈴……雛雪……沁芷柔……輝夜姬，在看到桓紫音老師時，我卻看見桓紫音老師側過身去，雙手盤胸。

因為身高不高，加上那娃娃臉的外表，二十歲左右的桓紫音老師，其實比實際年齡顯得更加年輕，看起來也就是高中生外貌而已。只是她為了帶領大家，才一直刻意裝作老成。

此刻，桓紫音老師沒有直面我，但她那側臉上所展露的表情，視線下垂盯著地板的複雜眼神，卻比過去任何一刻都隱晦難懂。

接著，桓紫音老師朝我發話。

「……問題呢？零點一，汝對其他人都提問過了，不是嗎？」

聽完老師的話，我不禁一怔。

足足過去了兩秒鐘，我才明白，老師是要我對其做出相同的提問，也就是「妳喜歡我，對嗎？」，這曾經被提出許多次的抱憾之語。

望著桓紫音老師，我沉默少許。

在這一刻，來自有些遙遠的回憶裡——曾經於畢業旅行中碰過的某道不解之謎，於朦朧的臆測中，終於能揭開其神祕的面紗。

在畢業旅行中，我曾經搖獎抽中一隻卡通青蛙造型的魔杖「戀愛與謊言君」。這道具能夠偵測自己與指定對象之間的戀愛可能性，但有一半機率會撒謊，必須靠自己辨別真相。

在當時，因為「戀愛與謊言君」的使用次數還剩一次，抱持著隨便使用的心態，我將最後的機會用在桓紫音老師身上。

那時，魔杖頂端上的青蛙給予了正面的答覆。

本來我認為魔杖頂端的青蛙大概是撒謊成性，發言並不可靠。但回首過去，並且正視現在，對於桓紫音老師此刻的發言，與她真實的想法……於複雜的感受中，內心逐漸湧起理解與明瞭。

「……」

詢問眾人過後，沉浸在過去的回憶中片刻。最後，我再次環顧所有人。

「對不起了。我曾一度看著妳們所有人死去，在『六校之戰』那漫長而又短暫的一年，不惜犧牲所有，拚命賭上一切……才換來如今平穩的生活，才能看見妳們於自己的舞臺上大放異彩。

「……所以了。」

我咬緊牙關，慢慢握緊雙拳。

哪怕痛苦，即使掙扎……就算在拚命忍住想要掉下的眼淚，我依然將接下來的言語道出。

「如果妳們喜歡我的話，如果妳們願意理解我的話，就請讓我離開吧。

「──因為，這是曾接受世上最大的幸福、遭受妳們所喜愛的我，所能展現出的……最後的瀟灑。

「──因為，這是身為怪人社社長的我，身為前輩、學長、青梅竹馬、弟子一號、零點一、柳天雲大人，各種身分的我，僅能為妳們做的……最後一件事。」

話及此，怪人社的所有成員，都已經是淚流滿面。

我則是扯動嘴角，露出一個勉強的微笑。

「不要哭，我已經沒有辦法帶給妳們幸福。至少在最後的最後，讓我替妳們留下一道微笑。」

聽我這麼說，怪人社的少女們都勉強要笑，但最後覆蓋那笑容的，依舊是離別之際的淚水。

我輕輕嘆了口氣，將怪人屋的鑰匙留在桌上，接著朝門口緩緩走去。

這一次，我真的要離開了。

離開眾人的身邊，離開她們所帶來的溫暖……離開她們的人生當中。

可是，這樣就夠了吧。

到了明日，我就會被眾人所遺忘，這已經是最好最理想的結局。

「等一下！」

就在我握住門把，即將推開怪人屋的大門時，身後忽然響起幻櫻的聲音。

幻櫻說話時帶著濃濃的鼻音，想必此時她應該哭得很難看吧。幻櫻的父親隼先生，肯定不會讓她流淚，但是我會。對此，刺痛心扉的自責感不斷傳出。

聽見幻櫻的呼喚，我微微回過頭，朝後方看去，但握住門把的手並沒有放開。

「……一個人一次機會！」

彷彿害怕我隨時會化為飄忽的風溜走那樣，幻櫻急促地朝我呼喊。

「至少給我們一個人一次機會！怪人社除了你之外的所有人，共有六人，你必須再回來怪人屋六次，否則不准你這樣就放棄！那樣太任性了，簡直比人家還要任性！」

再回來怪人屋六次嗎……

在怪人屋待了一個多月，也沒有發生任何轉機。這可是連天下無雙的詐欺師都束手無策的史上最大難題。

但在幻櫻的堅持下，她將怪人屋的鑰匙朝我扔來，呈現一個拋物線的曲線，被我反手輕輕接在手掌心。

我瞭解，幻櫻是想留下最後的希望。想要期盼在最後的六次機會中，能夠發生奇蹟。

雖然機率近乎為零，但幻櫻依舊將一切押注其上。這大概是她人生所做過的——最大最冒險的賭博吧。

幻櫻的覺悟，令我再次嘆了口氣。

最終，我輕輕點頭。

「……我明白了。」

做出如此答覆，我收起怪人屋鑰匙，轉動手把推開大門，就此離開……身影消失於夜色之中。

第七章 怪人社的追憶 1

離開怪人屋後，我變得無家可歸。

原本的家裡，因為父母瞧不起我的關係，百般出言侮辱與責罵，也沒有辦法回去。

但如果要生存下去，食物、飲水、安全的住所是必須的。

於是在離開怪人屋的第二天，我在工地找到了一份臨時工作，藉著日領的薪水，換取暫時的溫飽。

在工地待了半個月後，我存下一些錢，在離學校不遠處租了一間四坪大小的狹窄套房，展開半工半讀的生活。

我靠自己養活自己，不帶給任何人負擔。

在學校的時候，我刻意避開怪人社成員可能出沒的地點，再次遺忘關於我的記憶的她們……表面上，似乎也回歸原先平靜的生活。

偶爾，我也會遠遠注視風鈴、沁芷柔、雛雪被眾人環繞的身影，只要能看見她們臉上的笑容，感受她們散發出的光采……我就已經心滿意足。

在工地待滿一個月後，因為必須尋找配合放學時間的工作，我辭職轉換跑道，改到離學校大約有一公里遠的牛丼店打工。

每天從小套房出發前往學校，放學後到牛丼店打工，忙碌的店裡始終人聲沸騰，直到夜間十一點店裡打烊後，才拖著疲憊的身軀回到住處。

住處與人聲鼎沸的牛丼店不同，雖然狹小，但是卻很寂靜。

雖然寂靜同時也意味著孤獨，但這份孤獨，恰巧是受傷的內心需要的安寧港灣。

在睡前的最後餘裕，為了節省電費，利用走廊昏暗的燈光，我往往會坐在小圓桌前，試圖再次動筆寫作。

但是奇蹟並沒有發生。我所祈求的訴願，無法傳達至存有夢想的彼岸。

「也是……在怪人屋時，有桓紫音老師的教導，更有大家的幫助，依舊是徒勞無功……」

狹窄的套房內，唯一的優點就是有面對街道的窗戶。如果站在窗邊向遠處眺望，可以看見城市上方……有著因光害而不再明亮的星空。而星空的頂端，則掛著殘缺的月。

「怪人社的大家……此時也在看著這片星空嗎？」

默默注視著夜空時，我總是會這麼想。

然而，面對我的提問……那殘缺的月與星空，只能回以黯淡的光芒。

「……」

生生死死……死死生生……形成了殘忍的循環。

在過去我寫的輕小說裡，主角經歷過這樣的悲慘過往，與摯愛無法相會。那是無法逃離的命運，是生與死的界線……給予最殘酷的玩笑。

「給予希望，最後再使其絕望……不斷重複這樣的痛苦歷程，如果真有決定他人命運的造物主存在，那祂究竟是多麼惡趣味的存在……」

思及此，難以言喻的悲傷，不禁再次湧出。

我於沉默的表象底下，沉澱的是來自過往的美好回憶。那回憶只會壓垮我的內心，每當清晰地憶起時，胸口處就會傳來撕心裂肺的痛。

幻櫻……風鈴……雛雪……沁芷柔……輝夜姬，以及桓紫音老師，我好想念怪人社的大家，好想好想。

沉默許久後，我疲憊地臥倒床上，慢慢閉起雙眼。

在家庭裡，我飽嘗人情冷暖，知曉自雲端跌下後，家人對我的態度變化。於校園中，我受盡冷落嘲笑，哪怕這些人於「六校之戰」中的諂媚笑臉猶在眼前，依舊只能保持緘默。

我一天中最能平靜下來的時光，反而是打工時，因絡繹不絕的客人所帶來的忙碌。

我打工的店家，是一家叫做「肉燒」的牛丼店。因為離捷運站很近的關係，所以時常有上班族來用晚餐。鵝黃色的溫暖燈光下，只有大約二十桌左右的空間，但因為許多客人會加點小菜，所有工作人員都是忙進忙出，一刻不得閒暇。

在工作滿兩個月後，我手中有了一筆存款。

在這時候，我想起了之前曾對怪人社的眾人做出承諾，必須再回去最後六次。六次為期，一旦期滿，也代表與怪人社眾人之間的羈絆……將徹底斷絕。

「……」

在思索良久後，某個下著雨的午夜，我還是下定決心。

於是在適逢四天連假中，因為學校不用上課，牛丼店那邊也事先排好假期——在連假起始的第一天早晨，帶著因多月流浪與辛勤工作的風霜之色，我再次來到了怪人屋。

我決定在這個連假，使用第一次回到怪人屋的機會。

這時候再次迎來了夏季，不管走到哪裡，都能聽見刺耳的蟬鳴聲。

於盛夏的早晨，我出現在怪人屋的大門前。已經三個多月沒來這裡了。明明門口的布置依舊一模一樣，卻有種恍如隔世的懷念感誕生。

我並沒有按門鈴，而是拿出鑰匙解鎖，直接推門而入。

「……」

怪人屋內的場景依舊，眾人依舊聚在和式木桌前寫作。這群因輕小說而聚集的少女，對於輕小說的熱情，彷彿能夠這樣一直持續下去，直到永遠。

看見我之後，怪人社的大家都是一愣。她們果然再次遺忘一切，如果我沒有現身，她們甚至無法記起我這個人。

因為過去有很多次解釋的經驗，我花費半個小時，成功向眾人說明前因後果。

「……總而言之，就像我剛剛說的那樣。」

「我承諾過會再回來六次，而這次是第一次。」

幻櫻雖然是提出這個建議的人，但聽到這是最後的六次機會，卻是最難過的一個人。她拚命藏起眼淚，躲到廁所偷偷哭泣的行為，沒有逃過我的視線。

風鈴與沁芷柔則是拚命想要說服我留下。

「那個……前輩！風鈴現在已經是輕小說作家，雖然賺得不多，但供養前輩一個人的話還是沒問題的。所以……請您沒有後顧之憂地留下來吧！風鈴會養您的，哪怕是一輩子也沒問題。」

「……那樣我不就變成小白臉了嗎？而且臉還不怎麼白。」

我如此吐槽，搖頭否決風鈴的提議。

但沁芷柔卻裝作沒聽見，反而繼續補強風鈴的說法。

「如果嫌錢不夠的話，本小姐也可以幫忙出一點喔？人家可是大人氣的輕小說作家，你就算想買酒喝到爛醉或是成為手遊課金廢人也沒問題哦。」

一反風鈴的謙虛，沁芷柔直接說明自己擁有高人氣的事實。

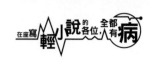

但我這次卻更加用力地搖頭。

「……就說了不是錢的問題！妳們究竟想把我養成多麼軟爛的男人啊？」

她們已經遺忘我離開的緣由，也忘記我當初詢問她們「妳喜歡我，對嗎？」的臨別過往，但無論忘記過多少次，她們想要留下我的心意卻是一次比一次強烈。

那是戰勝記憶的殘跡，也超越願力的妨礙所餘留的真心誠意。

對於她們的心意，我只能露出苦笑，向她們表示拒絕。

如果照著她們的話，任由在意的對象供養與保護，恐怕我會一輩子無法原諒自己、瞧不起自己吧。

所以不行。

就在我努力向風鈴以及沁芷柔表達自己的意思時，雛雪忽然靠過來。

她將肩膀與我的肩膀相碰，今天雛雪穿著點點斑紋的豹豹套裝，動物頭套底下的愛心眸眨了眨，接著看向坐在對面的風鈴與沁芷柔。

少見地處於第一人格無口性格下的雛雪，以木然的表情，沉靜地進行發言。

「……別鬧了，妳們提出的東西，根本沒辦法留下學長。學長所需要的，才不是那種能用金錢換來的廉價物慾。」

聞言，我一怔。

雛雪居然難得認真一回，難道過去了三個月，她也成長了嗎？還是說第一人格本來就比較老實？

半是意外半是欣慰，我看向雛雪，打算發言對其讚許。

但雛雪這時候忽然也轉頭看來，她的臉孔距離好近。

接著，雛雪更加認真地進行發言。

「……因為，一看就相當鬼畜的學長，毫無疑問需要的是女人。更直截了當地形容的話，就是肉慾！」

一邊這麼說，雛雪將豹豹套裝胸前的拉鍊微微扯下，微微彎腰，讓我看她的鎖骨與乳溝。

「學長，怎麼樣？雛雪對自己的身材，多多少少還是有些自信的。認真考慮留下來吧？」

聽到這裡，我忍不住用無法置信的語氣發出大叫。

「不要用那麼冷靜的態度說出那麼變態的話！還有把我剛剛內心產生的欣慰與感動還來！」

面無表情的雛雪，微微一歪頭。

「……這樣算是變態嗎？可是雛雪的話還沒說完。」

「妳到底還有什麼話想說啊！」

「……學長此時的眼神就像野獸一樣，光是對視，就感覺貞操彷彿要被學長的眼神貫穿了。」

「聽妳在胡扯！」

「……」

與雛雪一番爭吵過後，場面終於再次安靜下來。

哪怕迎來片刻的喧囂與歡鬧，與眾人僅餘六次的見面機會，依舊是不爭的事實。

於是在客廳再次重歸寂靜後，大家都靜靜望著我，想知曉我為什麼偏偏挑選今天前來。

「是因為今天是連假的起始嗎？」

幻櫻這麼問。

我點點頭，但也搖搖頭。

「是，也不是。」

「什麼？」

「我確實是因為連假有了空閒，但挑選今天前來，是因為機票訂在今天。」

「機票？」

眾人都是一怔。

我微微一笑。

「嗯，我打工存錢買了兩張機票，以及一些旅費。可以帶一個人去旅行。最後的六次機會，每一次的時光都彌足珍貴，所以我想好好留下回憶，哪怕……」

接下來想說的話，我沒有出口。

……哪怕六次機會都用盡了，事情依舊沒有產生轉機……即使如此，也能靠著這六次寶貴的回憶，來堅強地度過餘生。

所以我想帶大家去看看外面的世界，實現在「六校之戰」中，我沒有達成過的承諾。

雖然因為財力有限，我一次只能帶一個人去旅行，但一人一次機會也相當公平，不是嗎？

向眾人解釋自己的想法，花了好一番功夫才打消沁芷柔堅持要出錢讓所有人隨行的提議，那違背了我的初衷。

好不容易，在所有人都被說服後，幻櫻開口提問。

「所以……柳天雲，你這次要帶走誰？」

幻櫻的話聲剛落，所有人都是「唰」地轉過頭望向我。甚至有幾人屏住呼吸，模樣十分緊張，就害怕自己沒被選上。

我一一朝大家看去。

最終，我的視線停留在桓紫音老師身上。

面對那似乎比往昔任何一刻都要明亮的赤紅之眸——我朝老師伸出手，將機票遞給對方。

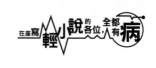

飛機的目的地是玻利維亞。輾轉換了幾次飛機，終於抵達目的地。

在這個南美洲的國家，西南部有一座名為烏尤尼的小鎮。於烏尤尼小鎮附近，有著世界上最大的鹽原。

每年雨季時，這裡都會因為地面積水而出現所謂的「天空之鏡」。地面將成為一望無際的鏡面，映著無垠天空的蔚藍雲朵，堪稱不可思議的美景。

先是坐巴士抵達烏尤尼小鎮，再經過導遊帶路，我與桓紫音老師走在前往烏尤尼鹽原的路上。

可是……

「呃……桓紫音老師，我可以問一個微不足道的小問題嗎？」

「怎麼了？」

「為什麼我們得穿著這身衣服？」

誠如我的疑惑，我與桓紫音老師的服裝，哪怕以外國人的品味來評論，也完全稱得上是奇裝異服。

我穿著即將參加宴會似的黑色燕尾服，而桓紫音老師則是身著豔紅色的蘿莉塔系連身蓬蓬裙、頭上則戴著黑紅相間的小帽子。

在路經烏尤尼小鎮轉往鹽原時，桓紫音老師堅持必須以這身行頭出發。雖然無奈，但我也只好配合。

桓紫音老師聽見我的疑惑，則是用非常肯定的態度答覆。

「哦，畢竟入境隨俗嘛——」

她堅定的語氣，讓我的呼吸忍不住岔氣，接著將那口氣化為言語吐出。

我指著走在前方領路的導遊，對於老師的發言完全無法置信。

「哪裡入境隨俗了啊！他們不是明明白白穿著普通的服裝嗎！」

雖然烏尤尼小鎮的人穿著也極為花綠，但在前往鹽原踏青的旅途中，也不怎麼刺眼，完全能稱得上是「正常的服裝」。只有我們的燕尾服及蘿莉塔服，一再引起當地人以及大量遊客的側目。

「……哼，零點一，汝搞錯了一件事。不是吾跟隨這個小鎮的風俗，而是這個小鎮的風俗會跟隨吾。」

說著雖然霸氣但一點也不講理的話，桓紫音老師「唔哼哼」地發出自信的鼻音。

「尊貴的吸血鬼皇族，不會輕易出遊。但一旦決定遠行的話，為了擺脫平常的束縛，就會換上這身衣服來呼吸自由的空氣。這些古老的傳統，在闇黑教典裡面都有詳細的記載……汝身為吾的麾下血民，莫非連這點道理都不懂？」

「——我唯一不懂的，是妳為什麼一直替自己添加設定！過頭了啦！」

「呵呵呵……」

看見我氣急敗壞的樣子，桓紫音老師忍不住掩嘴笑了。

她笑起來的樣子非常漂亮，因為娃娃頭瀏海的髮型，加上天生麗質的無瑕肌膚，桓紫音老師看起來就像高中生一樣年輕。有這麼一瞬間，我產生在與同齡人共遊的錯覺。

不過……

「我的同齡人中，不會有這麼中二病的人啊……這可是必須經過長年累積，才能累積起來的謎之自信。」

「喂，吾聽見了哦！被汝說是中二病，總感覺特別令人不悅——」

「……彼此彼此。」

撇除衣服不論，看來在某些奇怪的方面上，我還是能與桓紫音老師取得共識。

步行一陣子後，再次轉乘車輛。在飛速後退的景色、與敞開車窗傳來的狂風中，傳說中的烏尤尼鹽原，終於出現在視線的極處。

此時已接近黃昏，地平面盡頭的夕陽，將世界染為一片殷紅。沐浴於那光芒之中，眾人立於無垠鏡面似的大地，每踩一步就會激起水面陣陣漣漪。

而名景點「鹽紀念碑」就豎立在距離我們不遠處。「鹽紀念碑」看起來就像巨人怒伸向天空的巨大手掌，帶著氣吞山河的魄力，彷彿要將世界盡收於掌中。

因為地面可以映出人的身影，此時四周的遊客都開始拍起倒影照。

桓紫音老師倒是不急著拍照，她轉過頭，笑著對我這麼說。

「如果有稿紙與鋼筆就好了呢，在最佳的景色，想必能激起最棒的靈感——進而寫出精采絕倫的作品吧。柳天雲，汝有什麼感想嗎？」

不愧是怪人社的導師，在這時候也不忘寫作。

但對於老師的想法，我也點頭認同。

看著眼前的景色，我若有所悟。這是如果不親眼所見，就無法想像能夠實際存在的奇觀。

望著天地，立於其中，我緩緩說出自身看法。

「……我看見四樣東西。」

「嗯？四樣東西？」

我的答覆顯然超乎桓紫音老師的預料，正學著其他遊客單腳踏地拍倒影照的她，好奇地轉頭向我看來。

於是我繼續說了下去。

「我看見的東西……有天，有地，有景，也有人。」

說到這，我微微一頓。

「以地為鏡，化天為景……霞海似火，焚燒著整個世界。」

「如夢似幻亦如真，其景上映出的人，是印證這一切的存在。哪怕有朝一日，這天、地、景不復舊景，只要人的念想沒有消散，那這奇景，就會永遠藏於那人的心中，留下回憶的種子。」

聞言，桓紫音老師笑了笑。

她走過來揉亂我的頭髮，難得成為吐槽一方的立場。

「喂！汝是八十歲的老頭子嗎？這種飽經滄桑與人生歷練的想法，你這年紀還不適合感嘆啦！」

老師在說話的同時，雖然表面上笑著這麼吐槽，但眼神深處卻帶上些許黯然。

——這孩子究竟經歷過什麼？才能擁有這種……帶著悲意的超齡成熟？

我能夠讀懂老師的想法，但卻沒有表態，只是試圖露出開朗的笑容。

……是啊，我是來留下回憶的。

……至少在最後的這一刻，讓桓紫音老師能夠開心地度過，這樣就好。

最後，在當地導遊的提議下，我與桓紫音老師手牽手互相支撐對方，拍了一張據說是遊客必做的經典倒影照。

在照片入手後，我與桓紫音老師湊過頭一起看向照片，發覺身後偶然入鏡的某名遊客用怪異的眼神打量我們的穿著……在感到極度的羞恥後，我與老師面面相覷，接著忍不住一起捧腹大笑。

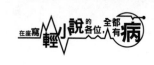

結束玻利維亞的鹽原之旅，桓紫音老師回到怪人屋。而我依舊回到自己租的小套房裡，過著平淡如水的生活。

上學、放學、打工，日子一成不變。

雖然依舊無法動筆寫作，但是就算身處幽暗的房間中，旅途中的快樂回憶，也能成為沙漠中的綠洲，給予心靈一絲慰藉。

也正因為經歷過旅行，我才徹底明白了一件事。

「確實如先前所推測的，如果沒有奇蹟發生……我這輩子，已經不可能再次提筆寫作。

「……因為，在先前的旅行中，我觀世界奇景，悟人生百態。照理來說，身為寫作者基礎的『文意』會有所提升……靈感泉湧後，自然下筆如神。

「然而，此刻我的文意卻依舊如乾枯的水窪，不存絲毫。這是我無法下筆的主因，也是我陷入痛苦輪迴的緣由……」

如果我還能寫作的話，想必此刻會靈感不斷激發，想拿出稿紙奮筆疾書吧。

但我辦不到。如果「願力之天秤」仍在不斷汲取願力的假設是正確的，哪怕我應有的文意再怎麼洶湧壯大，也永遠只能在零與負數之間徘徊。

對於寫作的熱愛，不會輸給任何人的我，正因此悲傷，因此寂寞，因此……在漫長的人生中，不斷苦苦掙扎，試圖跳脫命運之手的掌控。

「……」

思及此，坐在床上沉思的我，將沉重的思緒甩出腦海。

接著……我望向床頭櫃旁邊的照片框架，其中護貝著與桓紫音老師共遊的合照。桓紫音老師的蘿莉塔服與我的燕尾服，看久了竟然也有些習慣。難道說，我也變得奇怪了嗎？

我不禁露出微笑。

時光飛逝，再次經過兩個月。

因「願力之天秤」汲取願力帶來的不幸，我於萬丈紅塵中載浮載沉。在那紛紛擾擾的世俗生活中，我漸漸洗去年少時的疏狂，減輕年幼帶來的懵懂，並一次又一次地回顧過往的人生。

對於與怪人社眾人註定的別離，我感到不捨，然而……

「我的人生，有過煩惱……有過痛苦，更有過太多不捨。但一直到了此時，卻沒有留下絲毫悔恨。」

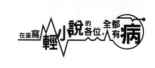

我沒有因為自己的不幸而憎恨世界，亦不曾後悔過自己付出所有。

就算重新再選擇一萬次，我依舊會在「最終一戰」中，毅然將一切押上願力之天秤，藉此拯救自己珍視的朋友與夥伴。

經歷風風雨雨，我的內心也慢慢變得沉著穩重。

在牛丼店裡工作時，因成熟的表現，也屢屢獲得老闆稱讚。

「小夥子，很能幹嘛……就算客人因故挑剔，你也能獨自解決紛爭。」

光頭上綁著白色汗巾，看起來四十多歲年紀的老闆，是支撐起整家店的主力。

「怎麼樣，現在有女朋友嗎？乾脆我把女兒介紹給你算了？」

偶爾在收拾店鋪後，被老闆留下閒談時，他總是會這麼說。雖然我知道其中只有一半的認真成分，但我總是微笑拒絕。

而老闆也總會吹噓自己年輕時候的風流情史，將自己形容得風流倜儻，有如潘安再世。

「啊、啊～～就算說了你可能也不信吧。但是我像你這麼大的時候，最多可是有過三個女生同時喜歡上我的紀錄。你能想像有多令人困擾嗎？嗯……常人應該很難理解吧，哈哈哈哈……」

這是老闆最喜歡一邊喝酒一邊得意大笑的事蹟。對此，我往往只是沉默啜飲著作陪的果汁。

在與老闆的閒談告一段落後，我起身道別。

臨走前，我向老闆確認接下來的假期。

「啊、又輪到你的連續假期嗎?年輕人就是愛玩啊……去吧去吧！快點回來！」

我點頭表示明白後，離開了牛丼店。

望著城市上方依舊黯淡的星空，我在思考著，在那更深更遠的宇宙深處，是不是存在更為璀璨的光芒。

第二次造訪怪人屋時，我帶走了風鈴。

經過人情世故的長期洗禮，這一次我的態度比往常更加沉穩。幾乎沒有讓怪人社的大家……看出我因觸景生情，內心血淋淋綻開的傷口。

在前往澳洲的飛機上，我與風鈴進行閒談，聊些最近學校發生的事。

之前因為「六校之戰」的發生，所有C高中的學生都維持原年級重讀一年。而在六校之戰結束後，已經歷經一年以上的時光，所以原本是一年級的風鈴，此刻也升上二年級了。

原本是二年級的我，則升上面臨畢業底線的三年級。

過了一年後，風鈴變得更加漂亮。雖然依然留存些許稚氣，卻更襯托出楚楚可憐的少女氣質。

雙方話題一轉，又聊到關於風鈴在輕小說業界的進展。

「前輩，風鈴的作品最近擁有不錯的人氣，書迷也越來越多了。據出版社的編輯告知，明年可能會幫風鈴舉辦全國性的巡迴簽名會呢。」

「是嗎？太好了。」

「而且而且，風鈴的書也開始推出動漫周邊了哦，先是特裝版與人形立牌，下個月會有抱枕，再來呢……」

以迥異往常低調的風格，風鈴朝我一一報告自己立下的成就……與辛苦贏來的成績。或許是話說得太多又太急，中間甚至還咳嗽起來。

平常文靜低調的風鈴，此時會些微失態，這情況十分少見。

之後，在將自己的所有事蹟道出後，風鈴提出某項請求。

在風鈴提出請求的瞬間，我並不感到意外。

我明白，她先前一切的言語鋪陳……亦是因此刻的懇求而發。

接下來……在飛機的鄰座上，風鈴靠著我的臂膀，以近乎哀求的語氣與表情，朝我如此發話。

「風鈴……已經很厲害很厲害了，可以自己照顧自己，不會成為前輩的負擔，可以追隨前輩前進的步伐，所以——」

風鈴的話還沒說完，我就把手掌輕輕蓋在她的頭上。她綁著雙馬尾的髮型，髮質柔順而滑潤。

用十分溫和的態度，我對風鈴解釋緣由。

「傻瓜，不是妳們必須追隨我……而是我已經跟不上妳們了。

「在寫作之道上，更前方的路，我已經不能替妳們探勘了。但妳們已經變得很堅強很堅強，哪怕失去了我，也能披荊斬棘，不斷攀爬向上，去領略……我也不曾見識過的風景。」

我的話至此，風鈴已經落下無聲的淚。

但她沒有哭出聲來，而是默默擦去淚水，朝我微一頷首。

……是啊，風鈴也變成熟了。不再是以前的膽小鬼，可以勇敢邁向前方。

如果說，以前在寫作之道上幾乎無人可敵的我……散發的光芒曾經照亮眾人，就連圈外的人也能感受到那努力與心血的光亮……

那麼，現在輪到退縮至深沉暗影中的我……去接受風鈴等人帶來的光芒了。哪怕我無法寫作，不能再行走於寫作之道上，依舊可以瞻仰她們一日比一日更加明亮的光輝，使最柔軟的內心深處……也能藉此泛起微光。

所以我必須對風鈴露出微笑。

因為淚水只會引來淚水。同理，只有微笑，能使她們邁向光明的步伐堅定不移。

「所以前進吧……我的朋友。無論如何妳都必須往前，因為……」

昔日那溫柔的風，多年來執著想要推動的雲，此刻已然破滅。

但是那風，卻已經能夠獨自翱翔，向更高更遠的地方前進，將那似水的溫柔，傳往原先遙不可及的彼方。

我與風鈴兩人的目的地，是南澳州的風之谷（Valley of the Winds）。

據說日本動畫大師宮崎駿曾造訪此地，並且以此做為名動畫《風之谷》的創作靈感。消息傳開後，這裡從此有了風之谷的別稱。

綜觀地形，這裡是由眾多土色巨岩所組成的寬廣峽谷，站在底部向上眺望，會產生這峽谷彷彿能觸及雲霧的壯觀錯覺。

每當陣陣強風吹過巨岩之間的空隙時，內藏其中的眾多風車就會一起快速旋轉，形成另類的有趣景象。

而風之谷附近也有居民，出乎意料地是以種稻為生。或許因為身為澳洲人的緣故，他們的英語口音相當獨特，在溝通上必須另外花費一番功夫。

我們兩人沿著風之谷總長六公里的步道慢慢前行，途中看見一個觀景臺。走上觀景臺，可以聽見身後疾風呼嘯吹入山谷的聲響，也可以觀望遠處另一個景點，也就是被命名為「卡塔丘塔」的神祕巨石陣。

「前輩，你看！卡塔丘塔在那邊喔！」

彷彿不願替我留下灰暗的回憶，一掃搭機的悲傷，風鈴將手伸出觀景臺外，笑著指向遠方的巨石。

「是啊。」

我點頭，也同樣報以笑容。

凝視著風鈴的背影，我忽然想起在「最終一戰」前，我曾經對風鈴說過的話。

那時候的風鈴，因為長久累積下來的不安，害怕自己成為我的累贅，所以在某個夜晚找到了我，向我提出這樣的問題：

「這樣子風鈴……真的可以繼續待在前輩的身邊嗎……？」

當時我的答案是「啊啊……沒錯，妳想待多久都可以。」，如此簡單而純粹，但在今日，我卻必須違背當日的諾言。

因為，我已經沒有辦法守護風鈴了。

總有一天，風鈴會找到比我更強大的對象依靠。她可以找到新的前輩，走向新的人生。

所以──

在這個世上最有名的風響之地，就像以前風鈴始終推送著我的人生那樣……這一次，該輪到我放開手，讓風鈴走了。

接著，在我長久的沉默中，一向冰雪聰明的風鈴，似乎逐漸讀懂了我帶她來此地的用意……隨著那心傷的理解，她的肩膀慢慢瑟縮起來，即使轉身也無法藏起的眼淚，慢慢滴在觀景臺的地上。

「——不要走!!」

風鈴因落淚而顫抖不已的背影，似乎正在拚命想發出這樣的大喊聲，那是源於她內心最深處的真誠言語。

但溫柔體貼的她，最終還是沒有說話。她知道留不住我，一直縱容任性的前輩的她，這次也帶有如同以往的寬厚與包容。

我輕輕嘆了一口氣。

緩步走上前，我從背後給予風鈴一個擁抱。

「……謝謝。」

面對風鈴最後的理解，我由衷地致以謝意。

第八章 怪人社的追憶2

南澳洲之旅結束後，告別風鈴，我再次回到原本的生活中。

風之谷的壯闊景象，令人忍不住讚嘆造物主的神奇。

「風為刀，岩為界……或許正是那千千萬萬年以來的強風吹拂，才形成了風之谷中如此獨特的景象……

「立於其上，腳下所踏不光是巨岩，更是光陰與歷史留下的刻痕……我所見證的，是時光的一個節點……也是巨岩那歷經滄海桑田的一生……」

望著房間床頭櫃再次新增的旅遊合影，我若有所悟。

如果在過去，才能、道心、文意，三樣支撐寫作能力的要素俱在時，透過這次的感悟，我的實力就可以更上一層樓。

但如今三樣要素全失，如同底部破了大洞的木桶，哪怕注入再多的水，桶內依舊是空空如也，當然也就無法動筆。

伴隨著輕嘆聲，生活再次重複舊貌。

在接下來的日子裡，我依舊以平穩和緩的方式過著生活。

因為牛丼店平時也會有休息日，如果恰逢不用上學打工的日子，我會選擇到育幼院去，擔任短期的免費志工，幫助一些遭親人遺棄的孩子。

第一次擔任志工的地方，是一家叫做天使之翼的育幼院，這裡大多數都是八歲以下的小孩，除了這裡，他們無家可歸。

我曾經以為，遭到父母冷落的我已經相當不幸。但在這裡，我看見許多孤苦無依的孩童。他們之中有許多人一生未見過父母，有些在童年時遭受暴力的陰影，更有些是因為貧窮而限制了想像與發展，沒有好的學習環境。

或許因能力所限，我沒辦法提供太多金錢捐助，但面對人生的起跑點上一再跌倒的這些孩子，我還是有力所能及的事。

幫忙打掃，或是搬動重物，甚至是幫忙帶領孩子進行遊戲，能做的事有太多太多。

也是在擔任志工的第一天下午，太陽帶著暖意的午後，在前院的草皮上，有一名手中拿著童話故事書的小女孩向我跑來。

小女孩看起來最多只有四歲左右的年紀，據經營育幼院的老人說，平常她最喜歡的就是聽故事。

「大哥哥、大哥哥，可以念這本故事書給我聽嗎？」

露出天真無邪的笑貌，身高只比我膝蓋高一點的她，將故事書高高舉起向我遞來。

我點頭，接過童話故事書，與她一起在前院的石頭臺階坐下。

故事書的書名是《亞亞姆歷險記》，內容是說一個叫做亞亞姆的迷你小人，為了拯救小人公主，喝下有時限的身軀膨脹藥水前往惡鬼的國度——鬼之島，努力對抗許多拿著狼牙棒的惡鬼。

因為童話故事大多傾向美好的發展，但這本《亞亞姆歷險記》主角的歷程卻特別艱辛，一再受傷卻不畏困苦，隻身擊敗許多惡鬼後，終於來到關押小人公主的鬼之島核心。

接下來，故事本來應該進入亞亞姆與惡鬼王之間的精采戰鬥，但這本書讀到這裡卻斷了，無法接續下去。

「缺頁了……？」

拿著手中的童話書，這本書最後面三分之一被人撕去，已經遺失了內容。

這時候，幫忙管理育幼院的老爺爺恰好端著一壺冰紅茶走來前院，似乎是聽見我們的對話，露出了慈祥的表情，他告訴我事情的究竟。

「這本書呢，在兩年前被捐到育幼院時就已經缺頁了。大概因為是小工作室出版的作品，所以現在已經買不到了，也沒有人知道故事會怎麼發展……所以冴子碰到每一個大人，都會央求著對方讀故事給她聽，希望有人可以把故事繼續說下去。但我們總是做不好。畢竟念出內容還可以，憑空創造故事對我們來說，實在太難了……」

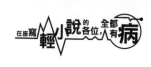

冴子是小女孩的名字。我望向冴子，她的臉上充滿心願無法實現的渴望。

正因為這份心願，冴子才會來到我的面前，將故事書交到我的手上，並對我報以期待吧。

她希望故事可以被補完，想知曉亞亞姆在鬼之島究竟經歷了什麼，與小人公主之間又能有什麼樣的結局。

可是……

「對不起呢……」

對冴子露出抱歉的笑容，對於無法創作故事這件事，湧起想要嘆息的複雜感。

伴隨著冴子似懂非懂的目光，我輕輕將話語接續。

「因為呢，大哥哥現在……已經辦不到這件事了。」

第三次前往怪人屋時，我帶走了沁芷柔。

沁芷柔現在已經是高三的學生，在秋季漫天飄落的楓葉中，我曾看見沁芷柔受學弟妹簇擁時露出開心的笑容，那嬌豔如花的笑靨，令人至今難忘。

除了輕小說家的本職外，沁芷柔似乎也成為流行雜誌的當紅寫真偶像。據說幾個月前被星探相中後，原本只打算刊載照片在其中一頁，但因為讀者的迴響實在太過熱烈……於是下期的雜誌，沁芷柔的泳裝照立刻登上封面，並且加上一整個專題的宣傳。

不光身分，沁芷柔就連穿著也變得相當時髦與偶像風。

最內層是一件僅遮至大腿根部的白色長T恤，外面套上黑色皮草大衣，露出穿著白色細跟馬靴的纖細美腿，完全是引領潮流的風格。

在機場候機時，甚至有許多男性圍上來要求簽名，那裡面有輕小說的書迷，亦有寫真雜誌的讀者。

好不容易從眾人的包圍中脫身，躲到角落的沁芷柔呼呼喘氣。

「馬靴……穿著這個好難逃跑……」

「……嗯，差點跑不掉呢。」

終於有片刻的清靜能夠讓我們獨處，沁芷柔閉上左眼，豎起手掌放在嘴唇前，擺出抱歉的手勢。

「抱歉抱歉……給你添麻煩了，以前不會這樣吧？」

「不，以前也是這樣。只是以前在學校裡，是親衛隊圍著妳而已。」

我陳述事實。沁芷柔一直都擁有相當高的人氣，哪怕在網路上也是頗負盛名的小說家。過去她擁有容貌、智慧，現在更是連財力與名氣都具備，不管從哪方面來看，都是常人難以高攀的高嶺之花。

「啊哈哈哈……是那樣嗎？」

沁芷柔似乎有點尷尬，摸著後腦發出乾笑。

不過，我本來以為沁芷柔會相當得意。

以前我認識的她，可是會說出「啊啊……這也是理所當然的哦？集齊美貌、才能與神的恩賜於一身的本小姐——受到追捧與這種待遇，是再正常不過的事吧！」的自信女人。

但現在的她，擁有更超越以往的資本，卻相當低調謙遜，比往常任何一刻都要溫柔。

此時遠處的停機坪，傳來轟隆隆的飛機引擎聲，那聲音越來越大，中斷我們之間的交談。

那是前往希臘——聖托里尼島的班機。

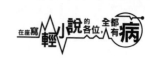

沁芷柔率先站起，面向登機口的方向後，笑著朝我伸出手。

浮於愛琴海上的聖托里尼島，據說被世人推崇備至，原因是這裡擁有世界上最美的夕陽。

建築以藍白相間為基色，居民則多為希臘人，在這座面積約七十三平方公里的小島上，終年遊客絡繹不絕。

聖托里尼島會成為旅遊勝地，除了因極富盛名的落日景觀外，同時也擁有名為米諾斯的古代文明遺跡。同時具備感性與神祕的這個小島，充滿希臘特有的浪漫氣氛，令人不由自主地嚮往其風采。

雖然出發時間很早，但因為轉機費時，我與沁芷柔抵達聖托里尼島的時候已經是晚上了。此時夜幕已經徹底降臨，島上紛紛點起鵝黃色的燈光，將錯落有致的建築染成漂亮的昏黃。

拖著沉重的行李箱，我們首先來到島上的旅館投宿。

我用不太流利的英文，向穿著白色長袍的櫃檯人員確認訂房，但隨即感到無比錯愕。

「什麼？我明明訂了兩間房間的。」

原本我預約了兩間房間，但櫃檯人員卻堅稱我們事先來電取消一間，所以現在只剩下一間了。

但更讓人意外的是，沁芷柔卻在這時候說明事情緣由。

「另一間房間，是人家事先取消的。」

「——為什麼啊？那可是在旅遊旺季好不容易訂到的房間耶！」

「因為，另一間的風景更好吧，面朝東邊，可以觀看日出……而且……」

沁芷柔說到這，慢慢把頭低了下去。

「而且……就算同房也沒有關係，我們以前的關係應該很好吧？」

已然遺忘過往的沁芷柔，似乎是憑著直覺這麼說。

但哪怕如此，她依舊紅了臉頰，那是獨屬於少女的嬌羞。

遲疑許久後，我只好點頭同意。

旅館的二樓，位於盡頭的某間房間裡。

因為房間本來就是雙人房的緣故，所以至少有二十坪大小，床也是雙人加大的類型，睡下兩個人綽綽有餘。

而面向東方，站在幾乎與牆壁同樣長寬的藍白色巨大落地窗前，可以眺望整片愛琴海。但如果拉上窗簾，房間頓時又會搖身一變，成為幽閉的小世界。

這原本是為了沁芷柔準備的最佳景觀住房，雖然此時多出一個人，卻也不顯擁擠。

在將行李堆到房間角落後，沁芷柔一屁股坐到床上。

接著，她拍了拍身旁的床鋪，開口這麼問我。

「你不坐嗎？」

「……哦，當然要坐。」

一邊點頭，我坐到遠離床鋪的某張椅子上。

沁芷柔見狀一愣，不知為何，忽然變得有些不開心。

她吹氣鼓起臉頰，然後以悶悶的話聲再次發問。

「柳天雲，以前還沒失去記憶的時候，怪人社的大家，是不是常常有人說你很遲鈍？」

說我很遲鈍？

我哼了一聲，對此不以為然。

「錯了，我柳天雲一向以敏銳出名，在怪人社人人欽佩。」

「……是嗎？」

「是的，請不要用那麼懷疑的聲音質疑我。」

「因為感覺不像你說的那樣呀！」

「……──」

你來我往地爭執幾句之後，忽然對視的我們，忽然不約而同地停下說話。

因為對這件事爭執感到就像笨蛋一樣──這樣思考的我們，也同時笑了起來。

這一笑，笑去了原本存在的些許尷尬，也笑去了隔閡。

沁芷柔的表情變得柔和許多，接著她開始談起自己的事。

「雖然輕小說家也有很多煩惱，但相對來說環境還是比較單純。偶像雜誌那邊，工作累人就算了，連封面的標題也往往下得很誇張！你能猜到他們下什麼標題嗎？」

「美少女輕小說家首次泳裝會展？」

我對於偶像雜誌並不熟稔，於是只能漫無目的地胡猜，但我覺得不會猜對。

果不其然，沁芷柔馬上搖頭否認。

「錯！是『本年代最強！清純系G罩杯金髮巨乳美少女颯爽登場！』，然後下面副標題寫了密密麻麻的介紹，幾乎把封面的空白填滿了三分之一。」

「呃……」

我有些無言，但又感到有點好笑。

沁芷柔這時候「嘿唷」一聲地從跳下床，跑到行李箱面前蹲下，伸手在衣物的地方開始翻找某樣東西。

因為衣服實在太多，花費大約二十秒後才終於找到。

以食指中指拎著布料極少的淡藍色比基尼，沁芷柔向我展開說明。

「首次登上雜誌封面時，穿的泳裝就是這件。」

「……哦哦。」

「對了，等我一下！」

我還來不及發表感想，行動力超強的沁芷柔忽然又跑進浴室內，緊接著浴室傳來「窸窸窣窣」的聲音。

再次現身時，沁芷柔已經換上了比基尼。

「鏘鏘〜〜」

一邊自己配音發出登場音效，沁芷柔左手扠在腰間，右手枕在腦後，雙腿交叉，擺出與封面模特兒常見的動作。這個姿勢能夠強調身材曲線，完全發揮出沁芷柔的優勢。

「怎麼樣、怎麼樣？」

沁芷柔似乎很想得到我的稱讚，語氣有些急促地發問。

「呃，就算妳問我怎麼樣……」

我仔細看了幾眼，因為沁芷柔的胸部本來就很大，加上比基尼有托高集中的效果，讓上圍看起來更顯豐滿。那是會讓所有男性心跳加速，堪稱視覺饗宴的誘惑。

但極為不合理的是，沁芷柔的腰間、手臂、臉蛋這些部位卻又不存在絲毫贅肉，幾乎所有的肉都恰到好處地堆積在胸部、大腿或臀部等地方……如果真的有受到神之恩賜的完美胴體，肯定就是指沁芷柔本人吧。

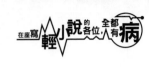

「……很棒。」

因為不想撒謊，所以我只好坦承以對。

聽見我的答案後，沁芷柔走了過來，坐在我身旁另一張椅子上。

因為沁芷柔身高比我矮上許多，所以從這個視線高度，就算不刻意去看，也會無法避免地將她那深深的乳溝望入眼中。

「……」

坐在我旁邊後，不知為何，沁芷柔卻一反剛剛的高昂興致，忽然陷入沉默。

過了許久後，沁芷柔才像下定了決心，將這一趟旅行中一直避免提及的話題，鼓起勇氣問出口。

「……真的不能留下來嗎？留在怪人屋，留在大家的身邊。」

她將這句話藏在心裡，顯然已經很久很久。久到她的情緒帶著不願夥伴離去的低落，亦被長久以來的寂寞所沁染。

我沉默片刻，對於沁芷柔的認真，我想回以同等的鄭重。

但就在我思索時，沁芷柔又繼續說了下去，對我慰留。

「吶，柳天雲，你就留下來吧？好嗎？如果留下來的話，你也不用工作，人家可以賺錢養你。你可以過著很好的生活，能夠隨心所欲地購買想要的東西，就算你不能再寫作也無所謂，只要留在我的身邊……我就會提供你想要的一切……」

說到這，沁芷柔的俏臉垂下，但她語意未盡，話似乎還沒說完。

完全不敢看向我，低著頭的沁芷柔臉頰紅了。她以右手按著微微搖晃的胸部，終於把剩餘的話道出。

「假如你願意，人家也可以成為……只屬於你的泳裝偶像。」

「……」

只屬於我的泳裝偶像……嗎？

沁芷柔說完後，靜靜等著我的答覆。

而我則是在沉默許久後，對於沁芷柔變得溫柔的行徑，以及這段期間內成為泳裝偶像的她……對於其背後的原因，我慢慢有了理解。

原來如此……

大概，雖然遺忘了我的存在，但強烈的執念，依舊使沁芷柔走上了試圖挽留我的道路。所以她努力提升自己，希望成為我心中所喜愛的對象，想藉著提升自身的價值，來與我進行一場「不離開怪人屋」的交易。

也就是說，沁芷柔雖然外表變得無比光鮮亮麗，更成為知名輕小說家與寫真偶像，但本質上，她還是那個努力到顯得有些笨拙的她。

在思考許久後，沁芷柔與我之間相處的點滴逐漸流入心中，那些回憶形成了答案，並且付諸語言。

「曾經，在晶星人的道具『轉轉電影君』中，往事一一揭曉，所以我承諾過會對妳負責，直到賠償完妳那些年的損失為止。在當年，我實在欠妳太多太多……」

小時候，我與沁芷柔一起對抗「惡霸小鬼五人眾」的景象，至今依舊歷歷在目。那是人生不能退縮的最重要關頭之一，也是賭上一切信念的堆沙堡之戰。

「然而，正因為已經成為朋友……成為夥伴，所以我才不能答應妳的請求，只能選擇將那原先就債臺高築的過往，再次堆疊上無法還清的沉重心意。

「……所以，很抱歉，請容許我再任性一回。」

我溫柔地望著沁芷柔，輕輕道。

「我保證，這是最後一回了。」

——!!

聞言，沁芷柔原先就一直忍耐的眼淚，終於落下。

或許這一夜，註定會在淚水與輾轉難眠中度過。

聖托里尼島的日出與日落，我都與沁芷柔一起見證。

我從來沒有見過那麼耀眼的夕陽。在愛琴海上，夕陽慢慢沉入在海平面的另一側，努力用最後的餘光照亮著湛藍的天空。

而岸邊擠滿了各國的遊客，爭著目睹這一刻。

那夕陽哪怕曾經再怎麼耀眼，也無法改變即將消逝的事實。唯一值得驕傲的，就是哪怕快要步入虛無，也依然有許多人在替它送行。

我們待在房間的落地窗前，橘黃色的晚霞照射在沁芷柔的臉上，將她襯托得如同神話中的仙子般美麗。

而幾乎整天沒有說話的沁芷柔，終於在此時對我吐出最後一句疑問。

「……你不會後悔嗎？」

面對這樣的提問，我垂下雙目，微微一笑。

「雖然不像愛琴海上的夕陽那麼耀眼，也沒有這麼熱鬧的陣仗替我送行……但是妳在。」

但是妳在，這樣就夠了。

在「六校之戰」中，被C高中眾人視為救世主、也曾被譽為「大英雄」的我，終將迎來英雄遲暮的這一刻。

但無論我是否有資格擔起這名號，此刻都有沁芷柔在此地替我見證。哪怕明天她就會遺忘一切，恍若英雄墓碑上的字跡遭時光磨滅，這樣也無妨。

……因為我曾經付出的努力，不會因遭到遺忘而消失。

……只要受到拯救的怪人社成員能夠露出笑容，那一切都將被賦予意義。

因為我……

「因為我……從一開始，就是只屬於妳們的英雄。」

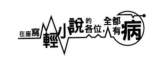

與沁芷柔分別的時間，恰好是回國後的凌晨四點五十分。

在接近怪人屋後，因為已經快要到達記憶重置的關鍵時刻，所以我提早十分鐘離開。

「……」

凌晨五點整。

躲在牆角後，默默看著沁芷柔獨自站在怪人屋的門口，露出茫然的表情，我的內心一痛，但還是邁開沉重的步伐，選擇轉身離去。

這一走，就是整整兩個月。

這兩個月，我依舊會在牛丼店結束營業後，坐在櫃檯喝著果汁，聽老闆大叔吹噓過往的情史。也常常在假日去「天使之翼」育幼院擔任志工，但冴子的心願還是無法實現，因為那本《亞亞姆歷險記》故事書，始終沒人能將其補完。

在兩個月之後的假日，再次來到育幼院的我，聽院長老奶奶說了一件事情。

「過幾天，費有新的志空來我們這力哦，小朋友們嘔有新的玩伴了！」

院長老奶奶的口音帶著濃厚的地方鄉音，也不知道是混入了哪裡的俚語。但在這裡時日長久，我能夠聽出她想說的話是：「過幾天，會有新的志工來我們這裡哦，小朋友們又有新的玩伴了！」

據老奶奶的形容，填寫志工申請表的人，是一名年紀與我相仿的少年，只是似乎並非C高中的學生。

既然不是C高中的學生，那我應該不認識吧……懷抱著如此想法，我將這消息拋諸腦後。

在陪伴小朋友玩耍的空檔，偶爾，我會回憶起上次與沁芷柔的旅行。

那愛琴海上的夕陽，很美。

若時間可以在那一刻凝止，成就永恆的璀璨與芳華，那麼人生或許就不會有那麼多遺憾與抉擇。

當日，夕陽落下後，則是下起大雨。

「也或許，那夕陽正因其轉瞬消逝，才更彰顯其美……

「那落日後迎來的黑暗，使愛琴海上突來的雨夜，如雨更似淚……除襯托悄然流逝的去意，也明滅了輪迴於暗夜中的朝陽……」

我的喃喃自語，圍繞在我身旁玩耍的育幼院小朋友們，無人能懂。

大概，除了怪人社的成員之外，也沒有人能懂。

中午抵達育幼院的我，就這麼默默望著天邊思索，直到天邊轉紅。

望著育幼院內種植的相思樹，盛開的花葉是如此明亮的黃；那蒼老的樹身，則象徵著花開花落的歲月。此時千思百轉的心神，忽然在這一刻有所明瞭，將過去所

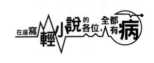

遇的某道難題給想通。

在「最終一戰」中領悟的第四念的寫作意境，隨著那明瞭，彷彿醍醐灌頂般大徹大悟，彷彿邁出了某種隱形的腳步，跨過了某道檻，使心神震撼不已。

「原來如此……原來如此……第五念的寫作境界……居然存在於那樣的意境中。

「難怪我生平所遇之人，就算強如怪物君，也最多是無限接近於第五念，卻無法真正跨出最後一步……」

在過去，包含我、幻櫻、輝夜姬、怪物君在內，所有人都卡在了第四念的寫作境界，這幾乎已經是寫作者能達到的顛峰與極限，就連匯集無限文思形成的文之宇宙，都無法明瞭第五念究竟以什麼樣的形式存在。

但現在，我卻懂了。明白了所有人的不明白，理解了所有人的不理解。

因為有些東西，只有置身適合的高度才能看見，才能夠伸手觸及。

「一念誅內魔……二念成道心……三念斬凡絲……四念成世界……當寫作者終達第四念，幾乎可稱天下無敵，但也正因為站得太高，走得太遠，反而會忽略很多事情……再也看不見通往第五念的道路。

「因為第五念……既存在，也不存在。只要你想找，想要觸及，它就永遠不會出現……

「只有在道心沉寂，近乎於無，能夠以起始的初心看待世界時，才能夠頓悟這一切……自那無中，生出有，亦即無中生有……自那緣起緣滅的人生中，反過來領悟虛幻世界的道理……

「也就是說，真正的第五念是……融虛無！

「只有將現實與虛無之間的分界融會貫通，才能再造契機，於那幾乎已經不可能前行的第四念極限中……繼續前行，走出嶄新的道路來！」

至此，我終於想通這許多時日以來，念茲在茲想追求的真相。

但想要達到這一步，也只能靠自己去悟，如果我將這點告訴怪人社成員，反而會使她們的人生留下執著的痕跡，使得她們更慢踏出這一步。

但不管怎麼說……

「第五念意境……我柳天雲，抵達了。」

如果怪物君後來沒能走得更遠，我無疑就是「六校之戰」中，第一個在寫作意境上，達到第五念的輕小說家。

然而……

「然而，有些太遲了……」

思及此，我不禁苦笑。

「在已經失去一切後，我空有第五念的意境，又有什麼用處……」

沒有才能、道心、文意，我還是無法動筆寫作。

打個比方，就像一個沉浸合氣道多年的高手，在已經垂垂老去、幾乎已經無法動彈的那一刻，才領悟到合氣道的最高宗旨，也不會有任何意義。

因為哪怕轉述他人，因為境界差得太遠，也不會有人能懂。

那是無法尋覓知己，鬱鬱寡歡的悲愴之意。

「……」

深呼吸一口氣，過了片刻後，我將心情沉澱，並微微一笑。

在已經踏入紅塵太久的此刻，我並沒有陷入悲傷太久，而是拿起一本全新的故事書，向從相思樹下朝我跑來的冴子露出大大的笑容。

第九章 怪人社的追憶3

第四次重返怪人社，這次我帶走了雛雪。

距離六校之戰結束，已經過去一年又兩個月。但雛雪還是一如往常的古怪，光是為了拜託她不要穿著魅魔服或卡通動物套裝出門遠遊，就花費半個小時的爭論時間。

「——為什麼不能穿魅魔服？那是雛雪的居家服，沒有那件衣服的話雛雪會很難過的，會超級難過的喔！」

「不要穿那種衣服當居家服，拜託！」

「狡猾！不明白魅魔服對魅魔有多重要的學長簡直狡猾死了，鬼畜、大鬼畜王！」

「所以說妳根本就不是魅魔啦！」

只能說，心累啊……

毫無疑問，雛雪是怪人社裡最難應付的對象。她那往往莫名其妙又自信到極點的理論，會讓人想抱著腦袋蹲下大叫來抒發內心的無奈。

最後，雛雪勉強妥協穿著正常的衣服，那是類似於露肩連身裙的裝扮。明明這樣穿也很可愛，為什麼要打扮成奇裝異服呢……

而在轉乘捷運前往旅遊景點的路上，因為發覺雛雪的浣熊造型後背包特別鼓脹，走路時還發出「喀啦喀啦」的盒子碰撞聲響，我忍不住指著背包提問。

「……妳帶了些什麼，背包裡為什麼一直傳出『喀喀喀喀』的聲音？」

「哦哦，學長終於對雛雪感興趣了嗎！」

坐在捷運的鄰座上，雛雪與我肩靠著肩。聽到我的疑問，彷彿一直在等我這麼開口似的，她忽然來了精神。

「鏘☆啷★——答案揭曉！快看吧學長！」

將後背包的拉鍊打開，雛雪轉過背包，讓我見識裡面的東西。

我探頭看去，看見裡面塞滿了五顏六色各廠牌的盒裝保險套。

「——!!」

然後，我馬上傻住，用無法置信的目光看向雛雪。

「這是什麼！」

「是保險套。」

雛雪的回答起來倒是理所當然。

可是，為了讓雛雪奇葩的思考迴路與正常人相接，在人滿為患的擁擠車廂裡，我壓低聲音努力向她解釋。

「不不不……我是指，裡面為什麼會有這種東西。」

「因為雛雪要與學長一起出去旅行。」

「不不不不不不……妳根本沒弄懂我的意思，一般來說旅行會帶這種東西出門嗎？」

因為我的語氣十分凝重，認真的態度溢於言表，所以雛雪也難得地陷入思考。用食指頂著下巴考慮事情，這樣的雛雪看起來多了些孩子氣。

過了兩秒鐘後，雛雪得出結論。

「……雛雪明白學長的意思了。」

「哦哦哦!!」

居然嗎？孺子可教也。對於雛雪的思想進步，我由衷地覺得感動。就算想法再怎麼詭異，人類這種生物，果然只要誠心誠意就能進行溝通吧？

雛雪的愛心眸向我看來，眨了眨之後，有點遲疑地繼續發話。

「……也就是說，學長覺得不需要準備這些東西。」

「對！」

「學長確定嗎？」

「對！」

「……不做安全措施的話，就算是魅魔也會懷孕哦。果然學長真是鬼畜呢。」

「哈？」

「喵哈哈哈，沒辦法，誰教雛雪就是喜歡這樣的學長呢？就按學長喜歡的方式來

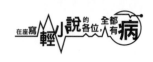

吧。」

一邊在半空中伸出貓爪賣萌，雛雪在說最後幾句話時，已經忘記控制聲量。

原本就相當擁擠的車廂，聽見雛雪說話的大人們，紛紛用鄙夷渣男的目光看向我。那些詭異的目光，讓我恨不得立刻挖穿地心消失在世界上。

這是「最終一戰」結束後，迎來的第二個冬季。

雖然雛雪出門時的裝扮十分清涼，但隨著接近目的地，氣溫也不斷下降，最後她還是乖乖換上保暖衣物。

日本的白村鄉合掌村，是享譽盛名的雪之聖地，每年十二月下旬常會飄起鵝毛大雪。如果坐在高處的山道上，可以眺望底下以木造建築構成的村落，這時候整座合掌村已經被飛雪覆蓋，放眼望去盡是一片潔白。

如果沒有除雪機定時在道路上鏟雪的話，恐怕連行人都難以穿梭前行吧。

而我們投宿在合掌村唯一的溫泉民宿中，這裡有天然的高山溫泉，在凜冽的寒冬，帶來的暖意連內心都會被融化。

先將行李放進房間後，我與雛雪決定出門觀賞村中的風景。

「話說回來，村中的房屋構造都是類似『合』字的形狀呢，這種設計大概是為了使屋頂留下傾斜的角度，避免被大雪壓塌頂層吧。」

我一邊觀察周遭，發出如此感想。

但走在我旁邊的雛雪卻沒有發話，只顧著調整保暖用的耳罩，似乎有點悶悶不樂。

「雛雪，怎麼了嗎？」

「所以說……」

雛雪欲言又止。

我一怔。

「什麼？」

「所．以．說——那間溫泉民宿的溫泉，男湯與女湯為什麼是分開的呀？對於這點雛雪很不滿哦，超級不滿的喔！」

「……這不是很正常嗎？」

「哪裡正常了呀！」

一邊這麼大叫，雛雪用很快的速度轉過身來，那激烈的動作甚至帶飛了幾片雪花。

接著她雙手左右一攤，露出不敢置信的表情。

「學長，你該不會是在裝傻吧？論年紀的話，學長不是快要成年了嗎？也該懂點大人之間的禮儀了。」

「什麼呀？妳到底在生什麼氣？」

我至今還是一頭霧水。

見狀，雛雪的怒氣只有更加上漲。

「孤男寡女相約一起去泡溫泉，怎麼想都會在幽靜私密的空間發生不可告人的關係吧？女孩子如果答應這種邀約，通常就是『可以做到最後一步唷』的暗示！別說是大人了，這些就算是稍微早熟的小孩子都瞭解才對！學長明白雛雪的意思嗎？」

「……不，我不明白。」

「啊～～氣死人了！雛雪要被學長氣死了喔！遲鈍、大木頭、不解風情！所．以．說——學長應該預約有個人湯屋的房間啦！個人湯屋、個人湯屋、個人湯屋！」

在我耳邊大喊三次「個人湯屋」洩憤後，雛雪伸腳亂踢著地上的積雪，賭氣地轉過頭去。

「……」

拿這傢伙沒辦法。

雖然個人湯屋是不可能的，但為了讓雛雪轉怒為喜，我只好答應雛雪任性的要求，背著她在下雪的氣候中步行。

為了目睹自高處眺望整個村落的風景，我稍微遠離村落，沿著某條山道逐漸往上攀爬。

四處見到新奇的風景，雛雪很快就忘記剛剛的怒火。

「前進、前進，遲鈍大木頭一號——！」

雛雪將前胸伏在我的背上，並以臂彎勾著我的脖子，趴在我背上發號施令的她，終於變得開心起來。

……不過，誰是遲鈍大木頭一號啊。

這時我抬頭看向上方的山道，預估以我們的攀爬速度，大概還要二十分鐘才能抵達最佳的觀望點吧。

天色這時已經十分陰暗，於是我加快腳步繼續上爬，雛雪則是不斷說話試圖打破沉默。

「學長、學長，在『最終一戰』前，你與雛雪之間是什麼關係呢？」

「……社長與社員的關係。」

「這是表面上的關係吧，私底下呢？雛雪是學長的祕密情人嗎？正宮大概是幻櫻學姊？還是沁芷柔學姊？」

「妳也太多問題了吧……」

「欸嘿嘿……因為現在忘記了，所以雛雪想知道呀。」

……就算裝出傻笑的模樣我也不會上當回答的，妳這個機靈鬼。

但這句話我沒有出口，只是沉默地繼續攀登山道。

但是雛雪卻十分執拗地繼續追問。

「那個那個，所以說，雛雪與學長真的一點關係都沒有？」

「……」

「學長為什麼沉默？也就是說多少有不可告人的關係存在吧？擁抱過嗎？還是接吻過？我們之間進展到什麼程度了？」

「……」

我本來想將所有問題都裝作沒聽見，然而……

然而，接下來雛雪的發言，卻令人無法忽視，在那動搖的心神影響下，甚至使我停止原先上爬的腳步。

因為雛雪在我耳邊，放輕了音量，態度沉靜地開口。

「……雛雪呢，以前一定很喜歡學長吧。」

「……」

我一怔。

雖然腳步沒有因此停下，但我確實為此感到動搖。

抬頭望著即將吞噬光線的黑夜，我只能沉默以對。

四周一片寂靜。

彷彿經歷內心一再的掙扎，又好似拚了命地才能將這些話鼓起勇氣說出口——

雛雪在許久後，終於再次接續話語。

「……否則，雛雪看見學長時，胸口不會傳來這種怦怦直跳的痛苦感受。在知道學長獨自承受所有的惡意與痛苦時……才會自責到連最喜歡的繪畫都無法繼續——這一切，一定是因為曾經的學長，對雛雪太好了。好到讓雛雪哪怕無數次、無數次失去這份記憶，也會無數次、無數次地再度想起，並且來到學長的面前，說出這段話……」

「……」

聽完雛雪的話，我一怔，不禁停下腳步。

停下腳步後，我原本有些遲疑，想要回頭望向雛雪，但卻被雛雪的手掌阻止了動作。

「學長，請您不要在這時候回過頭。因為……」

伴隨著這句話出口，雛雪的聲音裡已經帶上一絲哭腔。

接著，她繼續把話說完。

「因為，昔日會拋下這麼喜歡學長的雛雪，也想要犧牲自己拯救一切的學長，一定是想看見雛雪的笑容、雛雪的喜樂、雛雪那蠻不講理又無憂無慮的行徑，所以說——為了回報學長的心意，就算必須使出超越自身的逞強，雛雪也會笑給學長看！」

站在原地，我沉默良久後，終於明白了……「最終一戰」後，乍看之下無憂無慮的雛雪，究竟是以什麼樣的心境度過這段時日，面對沒有與我相處的寂寞與傷悲。

因為不使犧牲的淚水白流，所以雛雪會以最真誠的笑容相報。她認為自己必須笑。哪怕想哭，也必須笑。

為了維持這樣的倔強，所以雛雪才會道出這番話，並且阻止我轉過頭，看向她那隱藏在夜色與雪花之下的臉孔。

此時，我感受到在雛雪趴伏著的背頸中，有水滴落下。

一滴又一滴。

那水滴，讓我仰面望著入夜的天空，盯著那不斷飄落的無盡大雪，然後陷入沉默中。

「……下雨了呢。」

最終，我頭也不回地拋下這句話，邁步繼續攀爬山道。

那雨……是雨，但也不是雨。

如同我所攀爬的道路，所嚮往的終點，或許並非那眺望村落的至高處，而是過往回憶的殘跡……

在感到內心複雜的同時，對於雛雪的覺悟，我產生極為深刻的理解。

「到了。」

抵達山道的制高點後，我與雛雪坐在一塊突出的石梁上，俯視著下面的村落。合掌村中，此時家家戶戶都點起螢黃色的燈光。那無數模糊的光暈，成為此時山中唯一的亮光，替這個藏於雪山之中的靜謐村落，增添些許夢幻的氣息，

或許是因為感到寒冷，雛雪的身軀緊緊依偎著我，但平時聒譟的她，卻在這時陷入罕見的沉默。

「……」

雪夜無聲，但或許我們兩人之間，透過對於彼此沉默的明瞭，能夠傳達的情感比言語更加深邃。

與雛雪的旅行結束後，我再次回歸平凡的日常生活。

然而，有時候憶起那場旅行，我往往會恍神片刻。

因為那場大雪中，我所領略的情感……太多也太複雜。

「那漫天大雪之中……所夾雜虛假的雨……卻比任何事物都要真實……

「在那旖旎的浪漫情景……本該無聲，本該沉靜……響起的，卻是背對背不願遠離彼此的心聲……」

在嘆息聲中，我沉默的時刻越來越多。

偶爾，我會與牛丼店的老闆在下班後聚會。發現我那揮之不去的愁意後，老闆只是將酒推到我的面前，露出善解人意的微笑。

「喝？」

問話的人，問得言簡意賅。

「……不喝。」

搖頭的人，也答得乾脆俐落。

因為，我早已理解，逃避永遠只能是一時的。酒精帶來的醉意與朦朧，只會在清醒時帶來加倍的悔恨，使飲者陷入悲傷的囹圄中。

自怨自艾，無益於現狀，也無益於這個世界。

所以……我將精力專注於打工，試著對每個客人露出更開朗的笑容。

所以……我將痛苦化為行動力，前往育幼院的次數越來越頻繁，做力所能及的事。

哪怕那微笑太過渺小，那朗讀童書的聲音無法及遠，世界上或許也有某處的某人，會因為我以悲意堆砌出的熱情，進而露出更多笑容。

「如果是能這樣的話……就足夠了吧。

「嗯，足夠了。」

在自言自語之後，我陷入長久的沉默中。

與雛雪的旅行，已經時隔三個禮拜。

這天是週末的早晨，當我來到「天使之翼」育幼院時，已經有另一名志工在這裡陪伴小孩玩耍。

是上次院長老奶奶提及的新志工嗎？

記得說對方是一名少年……

遠遠望去，我只能看見那少年紅衣似火，似乎身材相當修長瘦削。

但走到近前，看清對方的臉孔後，我忍不住一怔。

「……怪物君？」

聽見我的話聲，那人轉頭向我望來，露出好看的微笑。

「你指我嗎？什麼是怪物君？」

簡簡單單的答覆，雖然語意是否定，但那張帥氣到近乎漂亮的臉孔，慵懶中帶著暖意的氣質，以及Y高中的紅色制服，都一再彰明這個人的身分。

一聽見對方的回答，我很快想起怪物君的記憶，應該也遭到「願力之天秤」剝奪，所以不記得我了。所以對於怪物君來說，我就只是個初遇的陌生人，而且還喚了他奇特的外號。

於是我道：

「啊、抱歉。你長得很像我以前認識的一個人，所以剛才認錯了。」

怪物君則笑著回答。

「真的嗎？有長得跟我一樣帥氣的男生？」

我原本想要打圓場糊弄過去，但怪物君的謎之自信，反而讓我陷入無言狀態。好不容易將尷尬的場面撐過去，我朝儲藏室走去，想要拿出掃把打掃落葉滿地的前院。

但我才剛走出兩步，怪物君彷彿早就料到我的想法，將掃把塞到我的手心中。

「給你。」

「呃……謝謝。」

怪物君的舉動，使我有點遲疑。

但他那張始終微笑著不斷散發善意的面孔，讓人無法產生拒絕的想法。

自己也拿了一把掃把，小心地避開奔跑中的幼童，怪物君與我一起打掃前院的落葉。這裡因為種植了許多相思樹與楓樹，所以必須每天勤加打掃。

兩個人一起動手效率很高，先將落葉集成一堆堆，接著怪物君蹲下拿著簸箕，而我則用掃把將葉子掃進簸箕內。

怪物君從剛剛開始就一直在想著些什麼，露出思考的表情。

眼看落葉被清理了十之七八，在這時候，蹲下拿著簸箕的怪物君，忽然抬起頭。

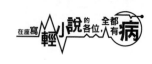

然後，他如此發問。

「你是成名的輕小說家嗎？」

聞言，我一怔之後，如實回答。

「……不是。」

怪物君側頭想了一下，又笑著問：

「那為何……你這麼強？雖然沒有實際與你交過手，但做為同樣踏入『那個境界』的人，我是明白的。雖然你走的道路似乎與我不同，但透過某種同類間的直覺，我能感到你身懷『第五念』的意境。但奇怪的是，你屬於輕小說家的那份力量，比我的弱小太多太多……弱到我直到這時，才能認清辨明。」

在說話時，怪物君慢慢站起身來。

他的身高快超過我，所以那逐漸上升的視線，也帶給我不斷增加的心理壓力。

——!!

聞言，我內心為之震動。

我踏入「第五念」意境的事情，一直沒有對他人說過。哪怕上次去怪人屋迎接雛雪時，怪人社其餘成員也沒有人能夠看出，但怪物君與我接觸不久，卻能直接道明一切。

而怪物君不光看出我擁有「第五念」的意境，甚至連我失去才能、道心、文意這三樣事物造成的虛弱，也一併察覺。

但我同時也產生疑惑，怪物君這麼強，為什麼在這些年來，都沒有聽說文壇中傳出他的消息呢？

我沒有回答怪物君的問題，而是將自己的疑問先問出口。

怪物君聳聳肩。

「我不缺錢，也不想靠著無謂的名聲，來鞏固外界對於我的價值觀。再說，外人也沒有資格對我的強大品頭論足。」

這樣嗎……

與怪物君閒談片刻，我得知他的興趣就是幫助別人。不光是在育幼院，在其他慈善機構中也能看見他的身影，所以來這間育幼院也只是偶爾為之，怪物君下次就會去別的地方擔任志工。

也就是說，我們的相逢，或許僅限於今天。

怪物君所擁有的，是善良的強大。

在高傲的同時，他也擁有賢王的氣度。

在最初的時間線裡，於那一次的「六校之戰」，如果怪物君只打算保全Y高中，狠下心殲滅所有敵人，那如今的一切都不會發生。

甚至怪物君對於我為何會擁有「第五念」的意境，輕小說家之力又為何會這麼弱小，也沒有太過追究，彷彿就只是笑著偶然一問，並沒有真正困擾他。

甚至連我們之間的別離，怪物君也沒有特別表態。

就像初見時那樣，對我露出好看的微笑，然後向大家與育幼院道別。怪物君瀟灑離去的背影，或許我會記得很久很久。

第十章　怪人社的追憶4

第五次來到怪人屋，與我共同離去的人選，是輝夜姬。

經過地鐵與電鐵的瑣碎交通轉乘，我與輝夜姬來到了京都。以京都車站為起點的我們，先在車站上方的餐廳簡單用餐，然後站在地圖導覽前研究附近的景點。

「原來如此……京都是這樣的城市……」

據地圖導覽上面的介紹，京都在過去被稱為「平安京」，是過往日本的首都。至今京都立都時間已經超過一千年，可謂古色古香，富有歷史的幽靜氣息。

穿著平時的紫色碎花和服，輝夜姬與我一起走在京都的街道上。

在這裡，許多遊客與當地人都穿著和服。往常會因打扮遭人注目的輝夜姬，在這裡顯得十分融入情境。反而是穿著運動服外套的我，與這個僻靜的古都有些格格不入。

「真懷念啊……平安京……在平安時代……這裡可不是這樣子的……」

用過去的名諱稱呼此地，輝夜姬露出追憶的表情。

雖然明知道輝夜姬明明只有十幾歲，不可能看過平安時代的京都，但就像打斷桓紫音老師自稱吸血鬼的演說那樣，這時候說什麼都是不智的行為，所以我只是微笑點頭。

話說回來，從剛剛開始，我就對某件事情非常在意。

我看向輝夜姬手上提著的紫色小包袱，這似乎是輝夜姬的所有行李。

紫色的星彩布內，疑似裹著許多盒狀的物體，導致在輝夜姬前進時發出「喀啦喀啦」的盒子碰撞聲響。這熟悉的聲音，勾起某位自認魅魔的少女帶給我的糟糕回憶。

「……」

我一開始努力裝作沒聽見。

喀啦喀啦。

然後還是裝作沒聽見。

喀啦喀啦、喀啦喀啦。

但是那聲音始終伴隨著我們，終於我忍不住朝輝夜姬發問。

「呃……輝夜姬……」

「柳天雲大人，您的態度為何如此遲疑？如果您的不安是源於平安京禁止男女不潔交往的傳統，妾身必須說，自己並不在意無趣的流言蜚語。」

確實輝夜姬走得離我很近，不知情的人大概會以為我們是情侶吧。可是……我遲疑的癥結點，並不是因為那古老到不能再古老的過時傳統——而是因為妳那到現在都還在「喀啦喀啦」響的小包袱啦！

雖然那聲響並不大，不會造成他人困擾……但由於拜某人所賜，我對會產生這聲音的內容物，已經產生了陰影。

在仔細斟酌言詞後，我再次朝輝夜姬開口。

「那個……可以問一下，妳包袱裡裝的是什麼東西嗎？」

「——!!」

一反剛剛冷靜的態度，輝夜姬聞言像是嚇了一跳，立刻把手裡的小包袱藏到身後。

「——您注意到了嗎？」

以充滿警戒的語氣發言，輝夜姬表情變得相當緊張，臉色也染上不自然的紅潤。

那臉色的紅潤，帶著七分害羞，又另有三分尷尬，於是我內心的懷疑再次加重。

不會吧……

終於在我的請求之下，輝夜姬羞紅了臉，用謹慎的動作將小包袱打開。

「……」

我湊頭去看，意外地發現包袱裡塞滿盒裝的蘋果糖。

但是，只有蘋果糖而已？

「裡面就這樣？」

「……是的！」

「那妳為什麼要這麼害羞啦！」

「因、因為，被看見內容物的話，妾身豈不是會被誤認為貪吃的女子嗎！那樣妾身會感到困擾的！」

我一愣。如果被形容貪吃的話，輝夜姬會對此非常介意。

聽到我以如此輕鬆的語調形容蘋果糖，輝夜姬也似乎有點不滿。

「柳天雲大人，請恕妾身無禮。但蘋果糖無疑是世界上最珍貴的神賜之物，不管是外表、顏色都充滿聖潔的氣息，更別說味道了，所以說……」

「好……我明白了，我不該輕視蘋果糖！」

眼看輝夜姬要長篇大論地述說蘋果糖的好，我趕緊點頭附和蘋果糖的優秀，並低頭致歉，這才將剛起的風波徹底消弭。

「這樣嗎……如果柳天雲大人能夠明白，那就再好不過了。」

接著，輝夜姬好奇地問起，我對包袱這麼在意的原因。

抱著無奈，我將雛雪過去的所作所為告訴輝夜姬，並且對懷疑她的行為再次致歉。

「……是嗎？雛雪大人居然帶了那種東西出門遠行啊……」

表情極為驚訝與意外，輝夜姬點點頭，對我表示理解。

「呼……」

我吐出一口濁氣。

雖然從剛剛開始就一直向輝夜姬道歉，但內心反而鬆了一口氣，同時又有些感動。

因為——果然大多數人都十分正常嘛，我根本沒必要這麼緊張。

光是這種近乎找到同伴的歸屬感，就使我忍不住笑容滿面。

彷彿被我的笑容所感染……這時候，輝夜姬也露出微笑。

接著嬌小的她抬起頭，用隨意的語氣發言。

「不過，雛雪大人的說法，妾身覺得有部分是正確的。」

「什麼說法正確？哪一句？」

我一怔，然後發問。

輝夜姬在回覆時，忽然帶上些許詭異的笑。

「——如果是柳天雲大人的話，妾身認為沒有進行避孕的必要。」

「妳們根本是一樣的嘛！把剛剛的感動還給我！」

一邊發出這樣的大叫聲，我忍不住當街抱頭蹲下。

輝夜姬是電波系少女。

雖然對此懷疑了很久，但長久以來相處至今，現在終於確信這件事。雖然大多數時候都相當溫柔體貼，但不管是打扮、言行都我行我素，如果沒有對到她的頻

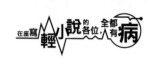

率，恐怕就連溝通都難以進行。

「柳天雲大人，您為什麼用那種目光看著妾身呢？就好像妾身是個奇怪的人。」

「……沒什麼。」

看來輝夜姬對自己的怪並沒有自覺。說得也是，身為怪人社的一員，輝夜姬怎麼可能不怪呢？

在京都漫步許久，我們從車站慢慢走到了清水寺。在排隊購買這裡知名的抹茶餅乾與冰淇淋時，我看見輝夜姬露出閃閃發亮的激動眼神。

……除了蘋果糖之外，輝夜姬也喜歡抹茶餅乾跟冰淇淋嗎？還是只要是甜點都可以呢？

終於，我結束漫長的排隊，手中拿著名為「茶之菓」的抹茶餅乾與冰淇淋，與輝夜姬坐在店鋪外面的長椅上。這時候，我忍不住提出心中的疑問。

「輝夜姬，妳喜歡所有甜點嗎？」

我將餅乾與冰淇淋小心地遞給輝夜姬。

「……柳天雲大人。」

輝夜姬聽見我的問題，在接過食物的同時，忽然皺起眉頭。

「……您可真是失禮，這句話簡直跟『妳喜歡所有男人嗎？』是同樣級數的疑問，妾身可不是那種水性楊花的女人。既然已經喜歡上了蘋果糖，那其餘甜食在妾身看來，充其量只是過眼雲煙罷了。」

「原來如此……」

雖然我口中表示理解，可是看著輝夜姬雖然保持優雅，卻一點都不慢的啃食餅乾動作，不管怎麼看，都跟她方才信誓旦旦的發言並不相襯。

……真的只是過眼雲煙嗎？

用很短的時間，輝夜姬把餅乾跟冰淇淋全部吃光。這時候我甚至還沒開始吃自己那份餅乾，於是她向我看來。

準確的來說，她看向了我手中的冰淇淋。

瞅～～

瞅瞅～～

那渴望的眼神，讓我產生了不忍，於是我嘆了口氣，把手中的冰淇淋遞給輝夜姬。

「……給，妳吃吧。」

「……咦？」

輝夜姬一愣，接著她終於從盯著冰淇淋的狀態回神，發現我的目光有些不對勁，她馬上漲紅了臉。

「妾、妾身可不是那種──」

「是，我知道妳不是那種水性楊花的女人，冰淇淋充其量只是過眼雲煙罷了。」

「……嗚！」

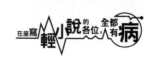

像是察覺自己理虧，輝夜姬發出小動物般的低鳴聲後，低下燒紅的臉，久久無法抬起頭來。

在清水寺著名的舞臺上眺望遠處，並且在神社參拜。這個地方占地比想像中還要廣大，我與輝夜姬花費一個小時左右的時間，才踏遍能到達的所有角落。

一邊隨口與輝夜姬談笑，在興致高昂時，我說了幾個笑話給輝夜姬聽。

「鯊魚不小心吞了一顆綠豆，牠變成了什麼？」

「……肚子餓的鯊魚？」

「答案是綠豆沙！因為諧音是綠豆鯊。」

「……」

總覺得輝夜姬的沉默似乎意味深長，不過算了。

大多數時候，輝夜姬的笑容從未停止。不管我說什麼，她都極為專注地傾聽、並且給予回應。

雖然有時候也會提出奇怪的、符合她興趣的問題，導致我有點招架不住。

「柳天雲大人，妾身可以問您一個問題嗎？」

「……嗯，妳問。」

「因為妾身不像柳天雲大人那樣……擁有之前的記憶，所以非常好奇……您之前究竟為妾身取來什麼寶物呢？妾身此刻會對您如此傾心依戀，代表您曾替做為輝夜姬的妾身，取來動人無比的珍寶吧。」

「那個……」

在《竹取物語》裡關於輝夜姬的傳說中，輝夜姬要求求婚者取來世上罕有的寶物，才願意考慮下嫁。輝夜姬此時是在引用這個典故。

「……是龍首之玉嗎？」其實那些傳說中的寶物，我見都沒見過。就在我陷入遲疑時，輝夜姬繼續追問。

「呃……不是。」

「那就是火鼠裘？」

「不是。」

「啊、難道說是佛缽之石？那可是超厲害的寶物哦！」

「……也不是。」

把《竹取物語》中的寶物全都問過一遍，也全都得到否定的答案後……我本來以為輝夜姬會露出失望的表情，但她這時候卻抬頭看向我，並輕輕牽住我的手掌。然後輝夜姬笑了。京都人行道旁的櫻花樹，雖然此時尚未盛開，但輝夜姬可愛的笑容，卻如同百花齊放，使周圍都增添了色彩。

「……請原諒妾身的壞心眼，但因為您剛剛在吃甜點時取笑妾身，所以妾身忍不住提起小小捉弄您的心思。」

「？」

我一怔。

輝夜姬依舊牽著我的手，將身軀慢慢向我靠來。她用十分溫柔的表情，將未完的話語輕聲接續。

「您曾為妾身取來的珍寶——是蘋果糖吧？妾身早已察覺自身對於蘋果糖的異常喜愛——如果說，蘋果糖不是源於婚約者的契約之物，又怎麼能真正挑起妾身內心的悸動呢？」

準確而敏銳地猜中事實，輝夜姬的話語，使我陷入長久的沉默。

哪怕遺忘了記憶，輝夜姬也不曾背棄……當年我待她的好。

接著，像是對於我的沉默有了理解，輝夜姬牽起我的手掌，輕輕摩挲著她光滑潔白的臉頰。

「所以……既然您曾與妾身締結婚約，代表妾身必須包容柳天雲大人的一切任性。哪怕您決定離開妾身……妾身也會支持您的決定。」

聞言，我的內心一震。

一直以來，我們都在刻意避免談起這是最後一次的約會。我與怪人社的每一個人，都只剩下最後一次的聚首機會。

「謝謝您曾經為妾身做的一切，柳天雲大人。至少，現在妾身非常幸福。」

一路上始終保持微笑的輝夜姬……說到了這裡，眼裡慢慢泛起淚光。

京都的最後一站景點，是夜晚的大覺寺。

位於京都右京區的大覺寺，是日本知名的賞月景點，保有平安時代的賞月傳統，於寺內的大澤池中，也提供乘龍形舟夜遊。

如果在白天舉目眺望，可以直接看見大澤池的對岸，但在黑夜中只能見到遠處有著深不見底的池水。來自岸邊的燈光，是照亮大澤池的少數光線來源，除此之外就是龍形舟的亮光。

一艘艘點著燈籠的龍形舟破開黑暗，自岸邊滑開，緩緩駛入那幽靜的池中。

終於，輪到我與輝夜姬乘上龍形舟。而站在舟身最前方介紹大澤池歷史的，是穿著巫女服的工作人員。

但對於此地的歷史，輝夜姬似乎也相當熟悉。

「大澤池是嵯峨天皇離宮的池塘，是日本最古老的庭院池水。在妾身那個時代，貴族會乘小船來到此地，在湖上傾聽古箏的彈奏，並且創作慶祝滿月的詩句。」

「原來如此……」

「且此地有知名的『月出』景象，身為風月老手的柳天雲大人，正是最適合來到此地吟詩觀月的人選。」

「呃……嗯嗯！」

對於輝夜姬的稱讚方式，我實在不敢恭維。那樣的說法，就像我是個花心的男人似的。

抓準時間提前乘舟，此時我們與其他遊客一起坐在龍形舟上，聽著工作人員介紹池子的歷史，同時也期盼地望著東邊，希望看到古時候的貴族為之舟車勞頓的「月出」景觀。

終於，在等待半小時後，從東方的遠處山邊，有黃色的光芒悄悄亮起。那是來自滿月的光芒，月亮先是慢慢露出皎潔的半面，隨著高度逐漸拔升至高空中，完整的滿月終於映入所有人眼中。

而在月亮上升的過程中，大澤池平靜的湖面上，也像鏡子那樣映出了一連串的月影。皎潔的月芒散落大地，使觀者心生平靜與柔和。

能看到眼前難得的美景，這一趟旅遊，就可以說是不虛此行。

而與月亮息息相關的輝夜姬，應該也會喜歡這景象才對——

抱持著這樣的想法，我朝輝夜姬看去，以為會看見對方閃閃發亮的雙眼與興奮的表情。

「……」

然而，我卻看見坐姿端莊的輝夜姬，直勾勾地盯著我不放，雙目一瞬不瞬，甚至沒有分神看過天上的月亮。

我一怔。

正當我想要發問時，我看見輝夜姬對我微微一笑。

那笑容，帶著充滿愛憐的情意。我隱隱覺得這笑容有些熟悉，很快想起曾經在拯救「轉轉城堡君」一役，輝夜姬的殘念在竹林中與我接吻之前，同樣露出過這種神情。

「……!!」

在這一瞬間，我忽然明白了，身為輝夜姬的她，為什麼不面對月亮，反而看向我。

「柳天雲大人，您可以成為妾身的月亮嗎？」

當初身為強者之意殘念的輝夜姬分身，曾經問出這句話。

而輝夜姬本人，現在正以微笑與目光，告訴我當初她歷經時光變遷，跨越生與死後……此刻得出的答案。

這答案來得並不晚。

但殘月的光輝……已經無法照亮眼前的佳人。

與輝夜姬的旅行結束了。

回歸日常生活的我，在幽暗的套房裡觀望月亮時，往往會憶起大澤池畔的往事，同時嘴角掛起苦澀的笑意。

「昔日天上月，如今湖中影……

「曾經如同高懸半空的月，輝夜姬往昔看見的，是幾乎無敵於天下的柳天雲。但在我自雲端跌落，只能將過往的輝煌映於冰冷幽黑的湖面上時，她的笑容卻依舊溫柔，對於我的心意沒有絲毫改變……」

以及於「問心七橋」一役，輝夜姬不惜犧牲自我，也要拯救身為敵校主力的我，那諸多難以理清的情誼……讓我虧欠輝夜姬太多太多。

然而，正因為對其產生明瞭，那湖中的倒影，才必須在烏雲的遮蔽中掩去。

「緣起於月……也相忘於月。如同滿月結束後，終將迎來新一輪陰晴圓缺……

「而將那陷於月中的陰影抹去，這是我對身為輝夜姬的妳……所能給予的最後祝福。」

語畢，緘默許久後，我離開窗邊。

回頭望向床頭櫃，那上面已經放滿許多合照。

而位於最前方的輝夜姬，在照片中露出的微笑，顯得如此哀傷而複雜。

這時已經接近春天，某天放學後的黃昏，在Y市的市立河濱公園，那即將盛開的一排排櫻花樹下，一邊漫步而行，我思索著關於自己的事。

……與輝夜姬分別後，我感到自身「第五念」的意境更加穩固。

如果將先前比喻為初踏第五念境界，現在就是在那基礎上，又邁出難能可貴的一段距離。

「第五念的意境……雖然對現在的我沒有任何用處，可是……」

記得幻櫻曾經對於「文之宇宙」的規則歸納出結論，現在我之所以會陷入不幸的循環，全因「願力之天秤」仍在源源不絕地汲取願力——換句話說，假若不付出與其相應、能夠不斷自主增生的代價，我就無法自絕望的深淵中爬出。

但能夠「不斷自主增生的代價」，哪怕集齊怪人社所有成員的智慧，也想不出有什麼事物，具備這樣的條件。

在當年，哪怕我付出了無限接近於第五念的寫作才能等物，也只能換取定量的代價，能有多少就是多少，無法額外增添一絲一毫。

「可是，雖說如此……但至今『願力之天秤』依舊在向我汲取代價，如果彼此的接觸並非單向，那或許……我就可以用『第五念』的意境做為交換，向『願力之天秤』換來某種程度的願力……」

想到這裡，我模仿著自己當初面對「願力之天秤」的動作，將雙手合十。

但過去許久後，想像中代表願力的光球或藍色光芒，完全沒有出現的徵兆。周圍依舊是公園與將開未開的櫻花，一切平靜如昔。

見情況如此，我不禁一怔。

在公園又踱步半天後，望著漸漸染紅天邊的夕陽，我忽然又想起另外一件事。

「對了……最終一戰的那時，如果想與『願力之天秤』交換東西，必須將代價放到左邊的銀盤上……而我此刻距離文之宇宙不知道有多遠，那可是必須經由晶星人的太空船、歷經數次蟲洞跳躍才能抵達的遙遠距離……或許以人類的科技，終其一生也無法到達那裡。

「換句話說，我現在之所以無法將『第五念』的意境轉換為代價，很有可能是因為無法主動將想付出的東西，放到那遙遠宇宙的銀盤上……文之宇宙默認了我無法給予，代價當然也不會產生。」

再仔細分析的話，最終一戰大多數的時間，文之宇宙其實都在沉睡當中。如果沒有足以驚醒它的巨大代價出現，那它就只能被動接受代價的交換。

「也就是說……文之宇宙現在多半只是在沉睡的過程中，順著本能向我吸取願力……

「所以願力被奪走的過程，只能單向進行。而我卻無法獻祭新的代價，來緩解現今的局面……

「或許，只有當文之宇宙再次甦醒，我才能選擇想付出的代價……但是……」

……推斷出大概的事實後，我心頭再次一沉。文之宇宙什麼時候會醒？一百年後，還是兩百年後？有很大的可能，如果不被他人喚醒，文之宇宙將會一直沉眠下去。

也如同怪物君所說的，我屬於輕小說家的力量，此刻已經太過弱小。單憑第五念的意境，而寫作者必備的其餘要素都嚴重欠缺，根本不足以使文之宇宙甦醒。

難怪晶星人女皇會放心離開三百年，因為我所面臨的，根本是一環扣著一環的死局。

望著遙遠的天邊，那裡或許是晶星人女皇的母星方向，我在沉默良久後，只能搖頭苦笑。

最後一次來到怪人屋，我帶走了幻櫻。

幻櫻對我而言，是極為重要的存在。

從年幼時開始以文交心，到後來的相惜相識。始終在背後默默付出的她，或許也是怪人社所有成員裡面，對我擁有最多殘存回憶的一個人。

那是連命運與時間線，都無法徹底斬斷的羈絆。

晨曦、櫻、幻櫻……過去擁有多種身分的她，此刻出現在我眼前時，露出的俏皮笑容卻始終如一。

而透過這段時間靜思，我也發覺過去沒有發現的盲點。

「狐面墜飾……」

在失去與我相關的記憶後，幻櫻依舊珍惜地保存腰間的狐面墜飾。在我回到怪人屋之前，或許連她本人也不明白原因——然而，假若我始終未曾露面……或許她也將一年又一年、珍惜地將這個飾物留存起來，直到年華老去，始終望著狐面墜飾……露出惆悵的懷思。

將幻櫻從怪人屋接出後，於初春櫻花綻放的街道上，我向幻櫻這麼說：

「我已經一無所有了。」

「嗯，我明白。」

面對幻櫻時，我不需要矯詞掩飾真正的想法，因為她太過聰明，也太過瞭解我。

這時候一陣風吹來，如雨的櫻花飄落，在瑰麗的花雨之中，我再次發問。

「那為何不放棄我？」

我明白的，哪怕記憶一再消逝，幻櫻依舊執著地查閱各方典籍，試圖替我找出通往救贖之門的道路。

她從未放棄過我，哪怕失去了記憶，依舊如此。

所以當初在雨夜裡……在家門前，幻櫻才會一次又一次地現身，向陷入困境的我伸出援手。

而幻櫻聽了我的發問，卻輕輕笑了。那笑容，如櫻花般帶著動人的嬌豔。

「……因為你是柳天雲呀。」

她回得如此理所當然。

而我則緩緩將話語接續。

「我已經不是以前的柳天雲了。」

「那又怎麼樣呢？以前你曾經是柳天雲，這樣就足夠了。」

我一怔。

面對相同的抉擇時，幻櫻的答案，與怪人社其餘成員給我的答案都不相同。

桓紫音老師面對我的離去……在特異獨行的做法裡，選擇將回憶深植於心中。

風鈴面對我的離去……於不忍出口挽留的淚水中，走向帶著寂寞的理解。

沁芷柔面對我的離去……則是拚命想以自身變得耀眼的光華，替我照亮新的人生。

雛雪面對我的離去……如同她曾以雙重人格掩飾自身想法那樣，在那如雨的淚中，獨自承受無法逃離的哀慟。

輝夜姬面對我的離去……則回以藏著悲傷的支持，但無論時光長河如何沖刷，她心中那已經缺了一角的月，終究無法重歸圓滿。

而此刻，與幻櫻面臨別離，她卻回得輕輕淡淡，彷彿這是再明顯不過，根本不需要思考的簡單問題。

因此，幻櫻面對我的離去……其實並沒有做出選擇。因為她沒有對「以前的柳天雲」，以及「現在的柳天雲」做出內心的劃分，當然也就沒有選擇的必要。

「不選之選……嗎？」

幻櫻這句回答內隱藏的用意，在做出「不選之選」這個抉擇時，也昭然若揭。

……她不會放棄我。

……無論我成了什麼樣子，幻櫻都不會做出選擇，只是像以前一樣，依舊待在我的身邊。

在陣陣微風中，逆著滿天的櫻花花瓣，幻櫻牽起了我的手。

幻櫻的表情十分堅定，讓人無法質疑她的認真。

「柳天雲……弟子一號……不管你走到了哪裡……不管人家會再被奪走幾次記憶——我都會像之前那樣，再次找到你的蹤影，並且一次又一次、一天又一天地讓我們之間重新開始。」

沉默許久後，於內心的無比複雜中，我只能如此回應。

「……那樣妳會很痛苦。」

幻櫻聞言，卻用鼻子哼哼地笑了。

露出可愛的笑容，她微微彎腰，側身朝我看來。

「正因為害怕痛苦，才不能離開你的身邊呀。」

在說話的同時，幻櫻與我相執的纖細小手，始終未曾放開。

那手……很溫暖，很溫暖。

「……」

幻櫻帶來的溫暖，讓待在冰冷黑暗中太久的我，於沉默中，幾乎就要落淚。

與幻櫻的旅行目的地，並不是知名的旅遊景點。

在幻櫻的堅持下，我們回到了她的老家，也就是那一棟大到彷彿無邊無際的誇張豪宅。

在其中，我們碰見在躺椅上晒太陽的隼先生，也就是幻櫻的父親。

看見我與幻櫻牽起的手，隼先生露出無法置信的表情，接著他用難以想像是中年人能擁有的速度衝到我面前，揪住我的領口。

用很可怕的表情，隼先生將他的臉湊近。

「臭小子——你與我的寶貝女兒是什麼關係？區區卑微的凡人，不要擅自接近聖潔的天使，會汙染天使的！一定會汙染的！」

隼先生如同以往一般……不，完全是超出以往的超級女兒控。

隼先生被幻櫻狠狠揍了一拳之後，之後又花了足足一個小時糾纏，才終於放棄跟蹤我們的行動，讓我與幻櫻能夠安靜獨處。

而幻櫻面對隼先生的失態，似乎為此感到十分羞恥，在隼先生那纏人的一小時中，一直掩面不想面對這個世界。

「……還好現在清靜了。」

我謹慎地朝前後左右打量，確認隼先生不在附近，幻櫻這才鬆了一口氣。

接著幻櫻在前方領路，左拐右繞，經過許多暴發戶般的豪華建築後，才指著前方某棟較為幽靜的和式房屋，示意那裡就是我們的終點。

和式房屋外圍繞著方形的圍牆，占地也極為寬廣。而穿過入口與迴廊，在超過六十坪的巨大庭院內，坐落著一棵老邁的櫻花樹。

這櫻花樹雖然老邁，充滿垂垂老意，但那年輕時奮力往外掙扎的枝椏，範圍卻鋪天蓋地幾乎涵蓋整座庭院，甚至有少許枝幹像逃獄的犯人那樣穿越圍牆，朝外頭擴張領土。

「……!!」

壯觀的樹景，那幾乎要占據整片天空的氣勢，令我不禁心搖神馳。

現實中，我一輩子也沒有見過這麼大的櫻花樹。

但這棵櫻花樹，我卻不是首次得見，甚至早已知曉這棵樹的名字，在上一次的「六校之戰」中，幻櫻化為存在之力消散前……對一切彷彿早有預料的她，透過晶星人的道具，在幻境中，也曾帶我來到這裡。

在那時，我知道了這棵樹的名字，是「樹先生」。

但此時明明正值櫻花綻放的季節，外面一路走來幾乎每棵櫻花樹也都盛大滿開……然而，眼前的樹先生，卻沒有一絲開花的徵兆，甚至連花苞都沒有，光禿禿的枝椏與樹幹本身一樣，帶著老邁的倦意。

「現實中的樹先生……已經三十多年沒有開過花了。」

幻櫻輕輕撫摸著樹先生的樹皮，抬起頭仰望上方。

「人家從小到大一直替它澆水，期許樹先生朝開花的目標邁進……雖然樹先生從來沒有回應我的期待，但我能夠感受到……樹先生一定已經很努力、很拚命了，因為比別棵樹長得巨大數倍的它，想要開出絢爛的花朵，肯定也會辛苦很多很多倍……」

幻櫻的眼神十分溫柔。

能夠蒙受這樣的主人守護多年，我忽然有點羨慕樹先生的幸運。

這時幻櫻慢慢轉過頭，將目光投向我。

她望著我的目光，就與望著樹先生時一樣溫柔。

「而柳天雲……在你身上，也是一樣的道理。

「你所走過來的道路比別人辛苦太多，也執著太多，所以想要追求花開般的圓滿……當然也難如登天。

「樹先生花了三十多年，都沒有放棄開花結果的可能性……柳天雲，你卻打算現在就放棄嗎？」

「……」

聽了幻櫻的話，我陷入沉默。

我也將目光投向樹先生，在思量片刻後，我緩緩回應幻櫻。

「我的身上……已經不存在開花結果的可能性。我已經失去道心、文意、寫作才能……現在的我，就是一個徒有意境的空殼罷了。」

幻櫻第一時間並沒有回話，只是坐到通往和室的石頭階梯上，雙腳一踢一踢，動作帶上了幾分稚氣。

過了許久，她才又仰天望向天空，悠然開口。

「……有關係嗎？就算你沒有了道心、文意、寫作才能……又怎麼樣呢？」

聞言，我一怔。

但我還是有話可以說。

「……因為『願力之天秤』的影響，怪人社的所有成員都會不斷忘記我，而且我的不幸會傳染給大家，所以我——」

話說到這裡，我忽然接不下去了。

因為幻櫻終於轉過頭來，久違地正視我，用她那極為清澈的藍色雙眸，直視我的眼裡。

她的目光，彷彿望入了我的靈魂深處，也彷彿看出了我想留在怪人社成員身邊的渴望……與執著。

接著，幻櫻微微一笑。

「就算『願力之天秤』的影響依舊，以及你的不幸會傳達給大家，又有什麼關係呢？最重要的是……柳天雲，你想留在大家身邊吧？」

幻櫻的言語，使我心頭一滯。

我……

我很想，但我不能。

因為那樣太過自私，哪怕怪人社的夥伴都會無條件接納我，我也無法原諒這樣的自己。

於是我對幻櫻輕輕搖頭，垂下目光後，默默不語。

幻櫻向我招手，示意我坐在她身旁。於是我緊挨著幻櫻，也在石頭階梯坐下。

幻櫻玩弄著腰間的狐面墜飾，面具與面具之間輕輕發出「喀啦喀啦」的碰撞聲。

「你的意思是……因為你已經不能再幫助怪人社的夥伴了，甚至會拖累夥伴，所以身為社長的你，打算就此脫離怪人社嗎？」

「……」

確實如此，但我不願坦承。不再被大家需要……甚至會成為累贅的我，沒有待在夥伴身邊的資格。這是我能給予夥伴的最後助力。

發現我默認，幻櫻在這時忽然聳聳肩。

「你有時候真愛鑽牛角尖呢，你有沒有想過，就算你離開大家的身邊，那會替夥伴帶來不幸的連鎖噩運，可能也不會就此消失？」

就算我離開大家身邊，連鎖噩運可能也不會消失？

幻櫻的話，使我大吃一驚，急忙追問究竟。

「——什麼？妳剛剛那句話是什麼意思？」

幻櫻則是從容回答。

「你仔細想想，你的記憶是不會消失的，會不斷累積下去。而對於你來說，怪人社的夥伴們獲得幸福，就能夠成為你繼續生存下去的動力，也就是說——」

幻櫻頓了一頓，接著把話慢慢說完。

「——也就是說，哪怕怪人社的大家都忘了你。只要遠遠觀望我們這些人的幸福，能夠使你感到欣慰、釋然，甚至是欣喜……那我們的幸福，也將會化為……你心中的幸福。

「而『願力之天秤』將會剝奪你的幸福，藉此轉化為願力。也就是說……哪怕你離開了我們身邊，我們依然有可能遭到不幸連鎖的追擊，導致落入痛苦與悲傷的處境中。」

幻櫻的分析，我越聽越有道理。

除非有一天，我對於怪人社的夥伴們不再在乎……甚至加以遺忘，才有可能打破這種噩運的連鎖效應。

可是……

「可是……這樣的話，該如何是好……」

思索許久後，我還是想不出兩全其美的解決方案。

要不在乎、遺忘這些比我生命還重要的人，這是根本不可能辦到的事。思及此，我甚至連嘴唇都開始顫抖。

「也就是說，噩運的連鎖從一開始就是必然……我所做的一切，付出的所有努力，頂多只是拖延時間而已……嗎？」

我不怕自己受苦，甚至不懼死亡，但聽到怪人社的大家可能會被剝奪她們應該擁有的幸福，卻頓時慌了神，失去平時的鎮定。

就在我六神無主時，幻櫻卻忽然站起。

直直地站到我面前，幻櫻握緊拳頭，深深吸了一口氣。

接著，她用盡全力，朝我發出差點震動大地的吶喊聲。

「大笨蛋柳天雲——!!露出這種表情，豈不是變得很不像你嗎！

「就像過去那樣認為自己是世界上最好最棒的輕小說家，然後鼓起勇氣，如同之前那樣——用盡全力來拯救陷入危險的大家，這樣不就可以了嗎——!!」

幻櫻拚命的喊聲還在持續。

「你曾經是眾人眼中的『大英雄』、是最厲害的『前輩』、是最溫柔的『學長』、是最勤奮的『零點一』、是最有男子氣概的『柳天雲』、是最讓人無奈——但又讓人最喜歡的『弟子一號』——不是嗎!?」

將怪人社每個人對我的稱呼加以形容，在這一刻，我的眼前閃過風鈴、雛雪、桓紫音老師、沁芷柔等人的相貌。

「如果擔心大家——害怕我們在危險中受到傷害的話，那事發的當下，就拚命來拯救我們吧。」

拯救妳們？

我一怔，但是形同廢人的我，還有什麼樣的能力與資格……去拯救大家呢？

我已經沒有過去那麼強了。就連可以用來交換代價的東西也全部失去，現在的我，除了如同空殼的第五念意境，可以說是一無所有。

就在我這麼想的同時，幻櫻忽然用雙掌捧住我的臉頰。

「人家說過了——不要露出那種缺乏自信的眼神!!因為我們始終相信你，相信當年那個自信到有點多餘，滿是中二病一直哈哈大笑的柳天雲會再次回來，回到大家身邊，再也不會輕易離開！」

將俏臉湊得很近，幻櫻一邊說話，一邊落下了激動的淚水。

一直以來都刻意裝作平靜的幻櫻，終於在真情流露的此刻，現出她那隱藏太深的悲傷。

在那悲傷盡數湧現的同時，幻櫻的臉蛋也距離我越來越近。

「……」

我閉目。

接著，幻櫻的唇慢慢與我相接。

在那彷彿化為永恆的親吻中，於樹先生的見證之下……我們兩人的想法，第一次感到如此接近。

第十一章 願力天秤造就世界最強

結束六次旅行，我的內心，陷入長久的沉寂。

那種感受，既不是苦澀造成的心如死灰，也非長久痛楚帶來的麻木，而更接近……灰塵落地般的寂靜與惆悵。

走遍各地後，我看過太多的人，悟過太多的事，也有太多的時間進行思考。

所以重返原本的生活後，我也喜歡上安靜。

但是與身為獨行俠時，那種位於無人角落的安靜不同……現在我喜愛的安靜，是位於人群中的內心沉寂。越是感受那熙熙攘攘的人群帶來的歡鬧，當清冷的黑夜來臨時，那如浮雲聚散般的別離，也將湧起曲終人散的惘然……

那惘然，使不想失去的回憶，更加深植於心田中。

「佛家曾有名言……只有放下一顆種子，才能收穫一棵大樹；只有遺忘一種執著，才能收穫一種自在。

「而我……卻是放不下，忘不了。因為那沉寂與惆悵，已是洞曉世事後得來的自我……

「曾經，我為復活怪人社的夥伴……不惜逆轉近乎無解的命運，只為看見她們能於嶄新的天地，露出溫婉的輕笑……

「因此，哪怕必須撕裂蒼穹，顛覆整個天地，進而背負世間所有之惡……那也無所謂。無論是哪一條時間線的我，都會毅然如此抉擇……」

所以……

思及此，在人群散去的寂靜中，我慢慢想起了怪人社眾人。少女們的嬌俏顏容，一一閃過眼前。

「所以……面對這樣的她們，我又如何能將回憶放手，怎能把羈絆遺忘……」

一陣近夏的微風吹來，將我的輕語，送往某個方向。

那並非怪人屋的方向，而是徹底背離位置的另一端。

這風，或許有自己必須走的道路。

但我那帶著嘆息的話聲，卻無疑是迷失了方向……

人生如霧亦如夢，但那縹緲朦朧之間，終究會迎來相應的真實。

「該來的終究會來，躲也躲不掉。」

幼年時期的我，曾寫過的書法，內容於某一日應驗成真。

距離「最終一戰」結束後，時光冉冉流逝，這時已經過去了近兩年。

在櫻花飛散的高三畢業典禮過去後，我、幻櫻、沁芷柔、輝夜姬從學校畢業，而雛雪及風鈴則升上三年級，成為畢業大考預備軍。

而在結束六次造訪怪人屋的承諾後，也就是與幻櫻分別後的第三個月，事情發生了。

如同幻櫻所推測的，「願力之天秤」帶來的不幸，蔓延到了她們身上。

最初的起因，是某個男性瘋狂粉絲，在參加沁芷柔的簽名會時，想爬上舞臺偷拍沁芷柔裙底的風光，但卻不小心從兩公尺的高度摔下，事後這個瘋狂粉絲……或許是為了引起心目中的偶像注意，到處宣稱是沁芷柔刻意驅趕才會造成他受傷的結果。

剛開始有人不信，但也有人迅速轉貼瘋狂粉絲在推特上的貼文，這件事很快延燒開來。

千萬別小看網路力量的可怕，短短三天時間，沁芷柔簽名會的瘋狂粉絲摔傷事件，就有四萬多人轉貼，並有十五萬人對此訊息點擊關注，各方人馬的筆戰與爭論更是延續了五十萬則以上。

因為沁芷柔罕見的美貌，許多之前在學校裡對其嫉妒的女性同學，也在網路上紛紛跳出，宣稱她之前在C高中就學時創立女王般的舉止作風，甚至連專屬的親衛隊都有。

於是沁芷柔的隱私不斷被挖出、放大檢視，就連做為泳裝偶像的正當工作都被徹底抹黑。人心有時候比什麼都更可怕，正是因為這樣的力量。

而同樣身為當紅輕小說作家的幻櫻、風鈴、輝夜姬等人，在這時候站了出來，試圖證明沁芷柔的清白，但此時大勢已經壓倒性傾向對於沁芷柔不利的一方，所以她們的辯護行為，反而更激起群眾的怒火。

「話說回來，為什麼這幾個人，能夠這麼快在輕小說業界竄紅啊？真的有這麼厲害的人嗎？」

「該不會像她們弄傷粉絲的惡劣行為那樣，是靠身材與臉蛋上位的吧？」

諸如此類的惡意猜測，與匿名的無名氏放出的偽證，使原先就糟糕的情況變得雪上加霜。最後，就連在怪人屋內的其餘夥伴——雛雪與桓紫音老師，都受到了惡意中傷攻擊。

對於依靠讀者來支撐銷量與存活率的輕小說家而言……這完全是會導致社會性死亡的惡劣情況。哪怕她們人實際上還活著，身為輕小說家的她們卻已經死去。

短短幾個禮拜的時間，在時間進入最炎熱的暑期後，對於怪人屋全員的中傷與抹黑，終於使她們的出版社承受不住壓力，決定將她們全員做為棄子，從旗下名單開除。

穿著西裝的出版社高層，是一名臉上充滿皺紋的老男人。或許他也是迫於無奈，但此刻他想要拋棄怪人屋眾人以保全自身的行為，卻是無比堅定。

「……所以，我們會在今年七月三十日這天，於米亞夏斯大道召開幻櫻、風鈴、沁芷柔、輝夜姬等作家，以及雛雪、桓紫音這兩名插畫家和外包編輯的道歉記者會。」

在無數記者的鎂光燈閃耀中，隨著出版社高層如此宣布，怪人屋的所有成員也等同於被宣判了死刑。

即使有少數眼光清明的網友仍在打抱不平，但這個世上，只懂得順著局勢行走的愚昧笨蛋總是占了大多數，所以乍看之下根本不合理的道歉記者會，就這麼順利成章地被訂下了地點與日期。

但所謂的道歉記者會——只要是明眼人都能看出，也等同於怪人屋所有人的引退記者會。

米亞夏斯大道，是一條鋪著紅色地毯的漫長大道，長度足有八百八十八公尺。在大道的末端，有一座高三公尺的演講臺，此地常被人用作政治演講宣傳，又或是集會遊行的聚集點，必須事先向相關單位申請，並付出高昂的租借費。

但米亞夏斯大道因為太過寬長，光是紅地毯的沿途就足以容納上萬人，更別提演講臺的周圍刻意留出空地，好讓更多人能夠看見臺上的人。

也就是說，這完全是一場公開處刑。

對於許多嫉妒心發作的暴民來說，哪怕是波及無辜也無所謂。光是能看見這一群無辜少女失去原先在社會上的地位，以及踐踏她們在輕小說界的聲名，就能夠成為這群言語怪獸成長茁壯的食糧，一再將七月三十日這天的道歉記者會廣而傳之，試圖引起更多人的關注。

「……」

因為消息散播得太快太廣，即使我在狹小的城市一隅，已經過著近乎隱居的生活，在七月初時，這些消息依舊傳入我的耳中。

聽見消息的起初，我久久無法言語。

「『願力之天秤』……好一個『願力之天秤』——!!真的要奪去我的一切，為了那虛無縹緲的願力，非要傷害我所珍視的所有人，你才肯罷休嗎?」

說到這，我不禁發出嘆息。

……在「最終一戰」時，哪怕強敵環伺，局面亦無比困苦與艱辛，但至少那時候的我非常強大。

曾經，在將一切交諸「願力之天秤」做為交換前，我擁有無限接近於第五念的寫作才能，以及常人難以望其項背的道心與文藝，更有勢不可擋的銳氣與傲意，在六校之中近乎所向無敵。

然而……現在我就是個身無長物的平凡男人，甚至連銳氣與傲意……都在近兩年的漫漫時光中被磨平了稜角。

隨著距離道歉記者會一天天接近，看向床頭櫃旁擺滿的照片，我望著照片中曾經笑容滿面的夥伴們，慢慢陷入了沉默與追思。

伴隨櫻花飄落的畢業季早已過去。

在七月中旬的某一日，在不用打工與去育幼院的日子，我漫無目的地緩步前行。此時正值炎夏，激烈的蟬鳴聲不斷震動空氣。而越是接近林木茂密的所在，那蟬鳴聲也越發刺耳。

在無意識中，我走近了C高中。或許是之前上學太過習慣走這條道路，也或許是高中外圍種植的樹木，那生機盎然的綠意，使額頭見汗的我下意識在尋求清涼……不管如何，在C高中的校門前我忍不住停步，望著大樓林立的校園。

因為所有人都留級一年的關係，再算上「六校之戰」的那年，我在C高中一共就讀了四年。

人生沒有多少個四年，那從眼皮底下溜走的時光，使心中的懷思逐漸湧現，彷彿重回當年的日子。

以手掌遮擋陽光，我朝校園內看去。

此時正值暑假，學生都快快樂樂地奔向長達兩個月的假期，校園內放眼看去一片寂靜，已經看不見任何學生。

從這個角度，能看見某棟教學大樓接近頂樓的地方，怪人社教室的位置。

……好懷念。

……真的好懷念。

當初站在怪人社的走廊門口，倚在欄杆上，就能看見最漂亮的海景。但回到現實世界的此刻，那景色大概已經變成叢林般的水泥都市。

這時候，內心忽然湧起一股衝動。我很想走到C高中的校園內……攀爬那漫長的階梯，去怪人社的教室看看。

哪怕曾經的夥伴們，早已遷移到怪人屋去，此刻物在人非……但那留下太多過往足跡的回憶之地，我依舊充滿情感。

於是我走向C高中的大門口，向警衛室裡的人詢問。在告知對方母校畢業的身分後……那歷年來看過太多畢業生的警衛，似乎能夠理解我的想法，對我點點頭，笑著答應了。

於是在蟬鳴與風響中，我順利踏進校園，步入久違的環境。

走過中庭，轉過迴廊，最後前往教學大樓的樓梯。在一樓的樓梯口，我略微停步。

昔日的回憶，也在恍惚間襲上眼前。

「不，柳天雲大人……妾身身為要求結盟者，又來到貴領地進行拜訪，怎麼可以做出讓領主前來迎接這種失禮的事情呢……這種舉動有違大義，妾身絕對無法原諒自己。」

輝夜姬第一次來訪C高中的景象，浮現於眼前。

當時明明體力無比差勁、爬兩層樓就可能會倒地不起的輝夜姬，為了堅持所謂的大義，卻固執地想要親自上樓，幸好最後被我阻止。

記起這件事，我嘴角不禁浮現微笑。

「……好懷念啊。」

接著，順著階梯，我慢慢往上爬。

在經過二樓時，那熟悉的景色，使腦海再次湧現某段回憶。

「……可以背風鈴嗎？走一小段路就好。」

當初被雛雪誘拐許下諾言的風鈴，無奈之下只好請求我的背負，並被迫詢問「……大嗎？」這種羞恥無比的問題。當時風鈴害羞到頭上差點冒出蒸氣。

現在想起這段往事，依舊令人哭笑不得。

我順著樓梯，繼續往上爬行。

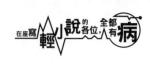

幾乎每到一個樓層……每往前踏出一步，就能憶起更多往事。那許多回憶，在重遊舊地的此刻被徹底翻出，慢慢化為令人莞爾的微笑。

幻櫻……風鈴……雛雪……沁芷柔……輝夜姬……桓紫音老師，在教學大樓的每一處，都能依稀重現與每個人建立的羈絆，進而窺見昔日的身影。

最後，我到達了頂樓，緩步前往怪人社。

駐足於怪人社的教室前，我先深呼吸了一口氣。門沒有鎖，透過緊閉的透明窗戶，能看見像過去一樣，教室內零散地擺著幾張桌椅。

鼓起面對過去的勇氣後，我緩緩拉開教室大門，邁步進入怪人社。

一步，三步，五步……隨著腳步前進，我站到怪人社的教室中心，正打算環目四顧，將教室徹底看個仔細。

但是，就在此時——

透過未曾關閉的教室大門——陣陣夏日的疾風，吹進了怪人社內。

或許是因為位於頂樓，那風勢強烈得超乎想像，在我還來不及回過神之前，許多原本堆在桌子上的稿紙，也在那強烈的風中，化為漫天的紙雨，發出「嘩啦啦」的聲響，在空中隨著風勢不斷翻飛舞動。

那些稿紙上都寫滿了字，此時如同落葉般緩緩飄落，而稿紙的數量之多，讓教室內彷彿下起紙張形成的大雨。

「……？」

我一怔，轉頭環視四周。

被無數飄揚的稿紙包圍，在不明所以的遲疑中，我抓住其中一頁稿紙，湊到眼前細看。

稿紙上，以娟秀的字跡寫滿輕小說。這字跡我十分熟悉，顯然是出自幻櫻的手筆。

由於幻櫻的文筆相當精簡扼要，我只看了小半張稿紙，就弄懂她想表達的故事內容。

這部輕小說，是在敘述一名孤獨的少年為了拯救「樹之國」的人民，前往危險的迷宮試圖打倒魔王的故事。

故事內容本身相當精采，但有一點，卻令人心生疑竇。

「名字……」

這部輕小說，男主角的名字是空白的。是真真正正意義上的空白，稿紙上每當提及男主角時，往往直接空出格子，省略其姓名。但主角是一名銀髮藍眼的少女，從形容詞上看來，就是幻櫻自己。

思索片刻後，我依舊不明幻櫻這麼如此寫作的用意。

沉吟片刻後，我又從空中接住一張稿紙，展開閱讀。

「這是……」

這是沁芷柔的輕小說，故事內容是說，一名孤獨的少年，為從邪惡的黑暗武術勢力底下保護弱小，體弱多病的他，加以十倍的努力追求理想。女主則是金髮巨乳的美少女，外貌形容與沁芷柔一模一樣。

但與幻櫻的故事相同，沁芷柔的作品，男主角的名字處永遠留下空白，女主角也往往都是自身。

又是這樣？

一個還可以說是興趣使然，兩個的話……未免也太過巧合。

接著我從地上再次拾起風鈴、輝夜姬的稿紙，這兩人的故事截然不同，唯一的相同點，亦為主角是一名孤獨的少年，且名字處留白。

甚至於，我在地上看見了雛雪替這些作品所繪的零散插畫，連插畫中，那些主人公也缺乏臉孔。

「……」

將所有人的創作各讀完小部分，我立刻注意到某件事。

「而她們故事中的男主角，何其相似……既沒有姓名，個性也無比孤獨，又有喜歡獨自背負一切的臭脾氣……

「——就好像打算將心中殘缺的一角，努力透過筆下的文字重新描繪出來那樣，她們在追尋的事物，全都是同一個沒有姓名、缺乏面孔的少年……」

在沉默許久後，在這個充滿太多回憶的地點，對於昔日的摯友們，我慢慢有了理解。

「原來如此……」

在產生理解的同時，內心對於她們的情感，也感到難以回報的複雜。

因為我明白，怪人社眾人所描繪的對象……是我。

「文由心生……只要是憑依道心而生的作品，就無法逃離這個定理……

「所以，她們殘缺的既是文字……也是自己的內心……」

停了一晌後，我嘆了口氣。

「顯然，在我離開怪人屋的這段時間，當時尚未從C高中畢業的眾人……都在依靠自己的方式，嘗試追逐著不存在於此地的某道身影……

「……因此，她們為追逐內心深處那模糊的身影……所寫出的作品，才會遵循著幾乎無法憶起的真心，試圖再次構築出往昔的真實……」

「也就是說……」

說到這，我微微一頓。

「也就是說，她們將自身的人生化為故事，化為圖畫，只願做出最真誠的表態……」

最終，我將視線望向落了滿地的稿紙與圖畫。

每當目光對上新的一行字跡，新的一部故事，我眼眶深處的酸楚，就會更加劇烈。

「……哪怕歷經六次旅行後，她們知道我已經失去一切，但內心對我的看法，卻沒有產生過絲毫改變……」

我慢慢拾起地上的稿紙，將其整理成堆。

偶然間，我的目光看向窗外時，看見的恍若不是那鋼筋叢林般的城市——而是過去那蔚藍的大海。

在沉默中，我將內心的複雜，化為言語緩緩道出。

「因為——從始至終，她們所喜歡的，所在意的，並不是過去那個無敵於天下的柳天雲……只是『存在於眾人身邊的柳天雲』，僅此而已。」

答案……如此簡單而純粹。

在畢業後的數個月後，怪人社眾人所遺留的心聲，終於跨越時間的隔閡，傳達至我的內心深處。

時間飛逝……幾乎被全國人民關注的七月三十日，終於到來。

在這一天，將會有數位聲名遠播的輕小說家，自原先高高在上的雲端跌落，重重摔在充滿泥濘的地面……那傷勢，會使她們失去東山再起的可能性，就連曾經的創作也會一起死亡。

因為這個消息實在太過勁爆，不管是怪人屋少女們的真正粉絲，抑或想看見她們自雲端上跌落的惡人，都在這天出門奔赴米亞夏斯大道，除了兩旁升起重重柵欄的紅地毯、與寬大的方形演講臺之外——這個能夠容納上萬人的空間，幾乎每一寸空間都擠滿了人。

而演講臺旁，也被架起了無數攝影機架子與鎂光燈，許多電視臺開啟現場直播，只等著道歉記者會到來。

為了見證這刻，整個社會就像拋下了所有要事，一口氣將視線全部集中在此地。

原本預計下午三點鐘開始的道歉記者會，怪人屋的所有人，在兩點半時就已經走過了那長長的紅地毯，前往地毯最末端的演講臺。

但是怪人社的成員們，在路過紅地毯的中途，卻遭受無數愚昧民眾的謾罵與怒視。

「沽名釣譽的大騙子——道歉、對社會大眾道歉！」

「妳們這種靠走後門上位的婊子，根本沒有資格在輕小說業界出名，站到那麼高的位置上！」

遭遇這樣的責罵，哪怕是幻櫻也無法駁倒世人的悠悠之口。於是她們只能低著頭，拚命忍受著委屈，走過她們一生中最為漫長的道路。

透過電視臺的現場直播，我看見了這一切。

「……」

因為記者會的召開地點，距離我的住處並不遠，所以我在兩點四十分，才慢慢從住處離開，走向米亞夏斯大道。

在路途中，我沒有再看向手機上的米亞夏斯大道現場直播，而是慢慢環顧著路邊的景色。

走出不遠，我路經平常打工的牛丼店。

「在這家牛丼店，我懂得了人情世故，第一次經歷社會上的心酸冷暖……」

我輕聲喃喃自語。

而行至半途時，我看見「天使之翼」育幼院。

「在這裡，我看見了世界上有許多比我更加不幸的幼兒。他們都是曾經擁有翅膀的天使，只是暫時折了翅膀，落於此地休憩……」

我想起執著於《亞亞姆歷險記》的小女孩冴子，至今，她最喜歡的這本童話故事，依舊缺失了後半。

「……」

在育幼院外駐足片刻後，我再次邁步，朝著米亞夏斯大道走去。

接著，我經過了C高中。

「在這裡，我看見的……不光是許多故事中的殘缺……更看見了……跨越無數隔閡，也依舊存在的內心遺憾……」

語畢，嘆息聲也輕輕傳出。

走著，走著，隨著步伐不斷往前邁進，我逐漸聽見遠方上萬人群造成的喧譁，而米亞夏斯大道的紅地毯，也已經出現在視線的極處。

當更加靠近那上萬人群，他們近乎詛咒的惡毒罵聲，也變得清晰可聞。

「道歉、該死的魔女!!」

「害粉絲受傷後，仗著名氣想要瞞天過海嗎？妳們到底幹了多少惡事！」

遭受子虛烏有的指控。

身負不白之冤的屈辱。

我過往的夥伴，過往的朋友……正承受著世間一切惡意，於曾經閃耀的舞臺上，被染黑了本該自由翱翔的雙翼。

「……」

於是，在四周無盡的喧囂中，我慢慢走到紅地毯的起點，也就是通往演講臺的出發點後，我看見那裡有兩名成年男子守候。他們或許是出版社的相關人員，或許不是，但在看見我執著的表情後，他們一怔，竟然忘記自身的職責，沒有阻攔我，就這麼任我從他們身旁步過，踏上紅地毯。

而在我踏上紅地毯的瞬間，懸掛在高空的吊鐘也被敲響，那是代表下午三點整的報時。

而演講臺上的幻櫻、雛雪、風鈴、沁芷柔、輝夜姬、桓紫音老師等六人，此刻站成了一排，手中拿著麥克風的她們，眼神相當空洞，臉色更是無比蒼白。

哪怕一方在紅地毯的起點，而另一方位於紅地毯的末端……在這個距離，我依

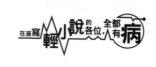

舊能感受到，她們那深切的無助。

在這時，我想起幻櫻數個月前，在樹先生的見證下，曾經對我吶喊的言語。

「如果擔心大家——害怕我們在危險中受到傷害的話，那事發的當下，就拚命來拯救我們吧。」

漫步於紅地毯上的我，此時隨著三點鐘到來，逐漸加快腳步。

「我不再擁有當年的強大，不再擁有當年的傲意，但我依舊會踏足此地，只因妳們的文字，妳們的內心，需要昔日那一道身影……」

我的話聲被淹沒在周圍的吵雜中，但這時候開始有少數觀眾注意到我的存在，將目光投向我。

我不理會周圍的人，只是看著遠處的怪人社眾人。

「哪怕我已經無能為力，不再擁有扭轉乾坤的力量，我仍然會隻身到來，只因妳們是我最珍視的存在……」

此時，道歉會已經正式開始。

由桓紫音老師做代表，她手上拿著麥克風，開始做出隱退宣言的前言。

聽見那前言，我的腳步再次加快，眼看已經走到紅地毯的中段位置。

因為我的出現極為突然，所以場邊已經有半數的觀眾，好奇地將視線投來。

但我沒有回應那些觀眾的凝視。

甚至，此刻我也沒有看向臺上的怪人社成員。我只是略微抬頭看著天空——看著比天空更高更遠，那無垠距離外的深處。

大概，那是文之宇宙所在的方向。

向著那沉眠中的文之宇宙，我緩聲發話。

「假若多年的相守，是為了此刻不得不為的覺醒……

「那我就會再次成為拯救妳們的人，試圖斬斷這命運，拚命撕裂這願力，直到走近妳們身前！」

或許聽見了我的說話，也或許沒有聽見，文之宇宙沒有任何動靜。

我將視線投向前方，這一次，我看向怪人社的眾人。

怪人社的夥伴們也發現了我的存在，已經遺忘記憶的她們，臉上露出既熟悉又陌生的茫然感，似乎在拚命回顧，試圖從記憶的殘跡中，將我此刻的身影與其重疊。

或許她們都忘記了我，但一切不會有任何改變。

於是，我將雙手舉在眼前慢慢合十，發出「啪」一聲輕響。

「——因此，甦醒吧！」

這句話，我是對著文之宇宙而發。

在過去一直以來，甚至在我拿出「第五念」的意境交換時，都始終沉睡的文之宇宙，卻在這一刻驀然產生震動。

與此同時，風起了。

幾乎能將人類吹飛的風勢，在整個天地四下激湧而起，形成永不停息的亂流暴風。

那暴風擾亂了雲朵，震顫了所有，引起四周上萬人的倉皇大叫。太多人五體投地伏著地面，只為尋求片刻平安。

但我卻沒有趴下。

我只是維持著穩定前行的步伐，在衣衫的獵獵翻飛中，不願被暴風壓闔的雙眼，也始終望著演講臺上的夥伴。

隨著天地間的狂暴，就在其氣勢達到最高點時，我能感受到有一道強大無比的意志徹底醒轉，它的視線在瞬間穿越無數距離，降臨在地球——凝聚於我的身上。

隨著將我徹底看清，文之宇宙那意志傳來的氣息，帶著一絲不可思議，又蘊含對於未知的不解。

在第一時間，文之宇宙甚至搞不清楚……這個幾乎身無長物的人類，想以什麼事物做為代價的交換。

而我依舊向著演講臺走去。

但隨著文之宇宙的氣勢加身，四周開始狂風大作，天上的雲朵也開始急速湧動。

甚至隨著我每步落下，都是重重一頓，彷彿踏在了大地之母的心臟上，一再激起地表的微微震動。

而逆著那風起雲湧，四周的上萬人先是閉緊了雙眼，被大地的顫動歪曲了腳步；接著他們露出無比震驚的表情，上萬道視線同時聚集到我身上。

而我更感到，文之宇宙的視線始終盯在我身上。那足以在宇宙中撕裂出巨大眼睛的視線，此刻大概帶著濃厚疑惑。

它想不明白。

——它想不明白，早已一無所有的我，為什麼還有資格喚醒它這樣的存在。

而在眾目睽睽之下，於最重要的人的注視中——我慢慢開口發言。

「我與桓紫音老師的旅途，感悟的，是鏡之意——以地為鏡，化天為景……那鏡足以容天，卻無法照清記憶與前塵。

「我與風鈴的旅途，感悟的，是時之意——風為刀，岩為界……那是滄海桑田的時光節點，也是歲月遺留的殘跡。

「我與沁芷柔的旅途，感悟的，是霞之意——霞即朝，朝即霞……在那日出日落的臨別之處，存在的是明滅的輪迴。

「我與雛雪的旅途，感悟的，是雪之意——雪中雨，雨中淚……在那茫然與明瞭的分界點，悄然融去的，是不願出口的悲。

「我與輝夜姬的旅途，感悟的，是月之意——月求人，人歸月……那始終在尋求歸宿的月之佳人，守候多年迎來的，卻是那無法超越因果的哀愁。

「我與幻櫻的旅途，感悟的，是櫻之意——樹是樹，人非人……樹先生帶著老邁的倦意，多年卻始終如故，試圖帶來掙扎拚命的新生。而我，卻已經不是當年的我了……往事依舊，現人已非，昔日追求花開般的圓滿……得來的卻是今日的花散葉落。」

說到這，我略微一頓。

「鏡、時、霞、雪、月、櫻，我以六大意念，終於換來此刻『第五念』意境的穩固，並且，很有可能已經無限接近於……那或許從未有人抵達過的『第六念』境界……」

當初在「最終一戰」裡，於某道試煉，文之宇宙的意志，曾對我提出這樣的疑問。

「在寫作的世界裡……是否有第五念的存在？吾不懂，不理解，哪怕集齊無數寫作者的道心，也無法推論出答案……」

而當時我是這麼回答的。

「……肯定有的，或許在世界上某個地方，已經有人領悟到了第五念、甚至第六念……第七念的境界或是更高，但正因為那不確定，正因為那無限的可能性存在，所以寫作才如此有趣，不是嗎？」

身為寫作者的文意所凝聚……不斷追求著寫作之極限的文之宇宙，對於寫作意境的渴望，可謂無與倫比。

哪怕我殘缺了才能、道心、文意，因寫作者的身分不夠完整，當初在河濱公園試圖獻祭第五念交換代價時，並沒有驚起文之宇宙的注視，但現在不一樣了。

完完全全……不一樣。

「因為，我要拿出交換的事物，並不是第五念的意境，甚至並非是無限於接近第六念的此刻，而是更高、更加深遠的存在……亦是能夠達成一切宿願的奇蹟。

「也就是說，我現在要拿出交換的東西是……」

自我剛剛合起的掌心裡，此時忽然有淡藍色光芒乍現。

那白光太過強烈，如同耀眼的太陽，瞬間照遍了周遭——傳遍了光線所能及之處，將世界染為一片眩目的淡藍。

這是代表無窮無盡願力的淡藍光芒。

但在那刺目的光芒中，唯一沒有閉眼的幾人，是演講臺上的怪人社眾人。

彷彿瞭解了什麼，又彷彿憶起了什麼，她們用溫柔的眼神注視著我。

看見她們的神情，我明白……她們等這一刻，已經等了太久。

因此，我的行為，不再帶有任何猶豫。

身為願力的起點，我整個人彷彿成為一切光亮的中心點，抬頭對著文之宇宙，再次緩聲發話。

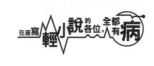

「也就是說，我現在要拿出交換的東西……是見證。

「文之宇宙，我會讓渴望寫作之極致的你，在那或許遙遠的未來，見證那原先近乎不可能存在的第六念、第七念……」

文之宇宙的意志聞言一震，它的驚訝，使風起雲湧的動作更烈，整座城市之下的土地，彷彿也有了害怕的意志，傳出陣陣嗡鳴聲。

而此時終於走到紅地毯盡頭，我沿著左側的階梯慢慢踏上演講臺。

帶著一生以來前所未有的極端平靜，我將未完的話接續。

「所以……文之宇宙，把我的才能、道心，以及文意……還給我！」

走上演講臺後，我走到怪人社眾人的面前，對她們輕輕點頭。

「所以……文之宇宙，把怪人社眾人與我之間的羈絆……也還給我！」

將大家護在身後，我轉過身，昂然抬頭，看向此刻跨越無數距離、現形於地球高空中的宇宙之眼。那代表文之宇宙的巨大眼睛，此時驀地睜大，其中蘊含了無比的愕然與驚訝。

而逆著無比的暴風，迎著大地之間的震顫，我對著那眼睛，慢慢將最後的話出口。

「所以……文之宇宙，把怪人社眾人應該擁有的幸福……還給她們！

「——如此一來，我就會帶著你的眼界走得更遠，讓你見證前方道路之精采，藉此換來無窮的可能性！開啟那第六念……第七念……甚至是第八念之後的未知世界——

「哪怕我與你，有一天已然見證彼岸的盡頭，我也會將那盡頭鑿開、破穿，讓你再次明瞭所謂的寫作世界，究竟是如何繽紛與精采。

「所以說——與我交換吧！文之宇宙！」

因為可能性是無窮的，只要我日後不斷變得更強，就能藉此產生不斷增生的代價，藉此抵銷文之宇宙汲取的願力，讓不幸的循環就此終結。

我曾經承諾過，要帶給怪人社的大家笑容。或許我的承諾會遲來，但永遠不會缺席。

語畢，我依舊與文之宇宙對視。

文之宇宙的眼睛盯著我，看了良久……良久。

這隻眼睛裡，帶著濃厚的疲憊與滄桑。畢竟在晶星人所創造的意識裡，文之宇宙已經存在八萬五千年之久，一再於迷途中尋找寫作之道上的真理，為此付出了太多太多。

之前的我，哪怕是當年「最終一戰」時的我，也沒有能力付出這樣的代價。因為曾見識的東西不夠多……沒有歷經那「鏡」、「時」、「霞」、「雪」、「月」、「櫻」的苦痛傷悲，所以也無法窺見那種種情感開闢而出的嶄新未來。

但是，兩年後的今天，我辦到了。

盯著我看個不停，像是在確認我是否有資格達成諾言那樣……身為文之宇宙的它，當然也能分辨立誓於寫作的真實與謊言。

「……」

最終，像是迷途多時的旅人，終於找到正確的道路那樣，文之宇宙的眼睛慢慢露出解脫般的釋然。

然後，隨著文之宇宙的眼睛慢慢闔上，整片演講臺……整座城市……整顆地球，在這一瞬間，亮起願望實現的璀璨光芒。

第十二章

六等分的新娘

自沉眠中，我緩緩甦醒。

睜開眼睛後，入眼的卻已經不是往常居住狹窄套房，而是寬敞的大房間。

而迫使我甦醒的原因，是此時肚子上方傳來的重量。

雛雪正跨坐在我的肚子上，笑嘻嘻地彎下腰，看著我無奈的神情。

「能別這樣叫我起床嗎？」

再次入住怪人屋後，已經過去一個月了，但雛雪叫人起床吃早餐的方式卻千篇一律。

剛剛我的發言，可謂在情在理，但雛雪卻依舊能拿出氣人的我流理論加以反駁。

「可是可是、雛雪也差不多要到發情的季節了，會想跨坐在雄性的身體上，是正常的反應哦！超級正常的哦！」

「——妳是發情的母貓嗎！」

「喵～～喵喵～～」

我本來正在大喊出聲吐槽，但看到雛雪將手縮成貓爪狀，乾脆直白地「喵喵」叫，坦承我的發言，頓時一口氣被噎了回去。

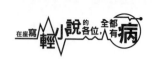

「……怎麼樣呢，學長？雛雪貓咪可愛嗎？」

一邊這麼說，雛雪將腰彎得更低，輕輕舔著我的臉頰。

「……」

就在雛雪趁勝追擊的時候，門口忽然又出現一道人影。

「……柳天雲大人，請收起您風流的心思，到了早上用餐的時候了。」

輝夜姬用和服袖子遮擋半張臉站在門口，眼睛危險地瞇起。雖然她的語氣相當平淡，但那表情卻不是這麼回事。

面對風流的指控，我感到十分委屈。

「我沒有……真的沒有……」

但我還是乖乖起身，與雛雪以及輝夜姬一起下樓吃早餐。

* * *

因為現在是暑假時間，所以大家都十分空閒。

怪人屋的早餐也十分豐盛，從一早就有玉子燒、醬煮牛肉片、清蒸秋刀魚，以及放滿蔬菜的味噌湯與白飯，足以滿足早晨的營養需求。

通常早餐都是風鈴以及輝夜姬輪流來做，因為其他人的料理手藝慘不忍睹。尤其是沁芷柔，煮出的料理完全是能焚殺破壞神的最終兵器。

說到沁芷柔，值得一提的是，自從我重返怪人屋後，她就對我異常溫柔與溺愛。

「啊～～柳天雲，嘴巴張開。」

她一再用筷子挾起牛肉片或秋刀魚餵食我的動作，引起怪人社其餘成員的側目。

如果我願意的話，甚至不用動手，就能順利填飽肚子。

輝夜姬對此相當無語。

「沁芷柔大人，您這樣的話，會把柳天雲大人養成廢人的。在妾身那個年代，不勞動者不得食……就算是一家之主也不例外！」

「……那人家就養他吧，這有什麼關係？」

但聽了輝夜姬的勸告，沁芷柔卻只是雙手托腮，以手肘撐在桌上，露出幸福的笑容。

這時幻櫻看看沁芷柔，又瞪我一眼，不太滿意地哼了哼。

「陷入了戀愛腦狀態呢，唉。就算是我當初的攻略本，也沒有好感度高到這種程度的記載呀。」

像是想要尋求援軍，幻櫻又轉頭面向風鈴。

「風鈴妳倒是說說沁芷——」

但幻櫻一句話還沒說完，卻看見了風鈴把裝著味噌湯的碗遞到我口邊的動作。

「咦……？」

被點名的風鈴動作變得有些僵硬，露出遲疑的表情。

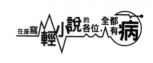

「——戀愛腦都給我爆炸吧！」

幻櫻不悅地迅速扒完飯，「啪啪啪」地踩著樓梯跑上樓，回到自己房間去了。

見狀，我有些無言，只好繼續吃著早飯。

不過，有一點卻讓人非常在意。

怪人屋中，唯一早餐不喝味噌湯而喝番茄汁的桓紫音老師，此時就坐在我們的對面。對於剛剛的一切，她就好像沒看到那樣，讓事情順其自然發展。

如果是以前的話，桓紫音老師肯定會暴跳如雷地衝過來抓住我的領口，然後把我勒得喘不過氣吧。

但現在桓紫音老師對我的態度，也幾乎到達放縱的程度，我從來沒有看過老師對人這麼寬容。

「……」

在快要吃完早飯時，我終於忍耐不住，向在場的雛雪、風鈴、沁芷柔、輝夜姬、桓紫音老師等人，提出自己的想法。

「喂喂喂，妳們對我也太溫柔了吧？這樣我真的可能像輝夜姬說的那樣，被養成廢人喔？」

說實話，像以前那樣相處就可以了。

但是自從將「見證日後無限的可能性」做為代價，與「文之宇宙」達成共識後，大家對我的態度就變成了這樣。

在原先灰暗的道歉記者會那天，「文之宇宙」的願力生效後，時間被倒轉回到沁芷柔簽名會的那天，而瘋狂粉絲當下沒有摔傷，他只是摸摸屁股爬起，接著一臉茫然。

命運的走向被改變了。

因為時間遭到逆轉，所以一切的痛苦過往也都被抹消，就像遊戲讀檔那樣，沁芷柔等人回到名氣遠播的時間點，並在接下來的日子裡，成為更加炙手可熱的輕小說家。

整個世界中，唯一能對那段時間保持記憶的，只有包含我在內的怪人社所有成員。

而在「六校之戰」那一年，怪人社眾人與我之間的羈絆，也被「文之宇宙」一點不少地返還。大家不再會重複遺忘我的存在，悲傷與哀慟已經成為遙遠的過去，此刻滿溢而出的只有幸福。

而在取回過去的羈絆，與至今一切的回憶後，怪人社的所有人對我就變成了這個態度。

甚至連偶爾雛雪進行色色的惡作劇，也不再會受到之前那樣的嚴懲。

例如有一次大家聚在客廳看電視時，雛雪忽然冷不防地抓起我的手，放到沁芷柔的胸部上。

如果還是以前那樣的話，這個傲嬌的經典教科書肯定會跳起來大叫亂罵，滿臉通紅然後一腳把我踢飛。

但是，現在剩下的就只有滿臉通紅而已。

「……你摸吧。」

甚至沁芷柔還做出這樣的發言，使其餘少女向我拋來殺人的目光。

正因為如此，所以在重返怪人屋居住滿一個月後，我才會在早餐的聚會上，提出這樣的訴求。

──就算我之前真的過得很苦，但妳們也對我好過頭了吧？像普通朋友那樣對待我就可以了。

「諸位大人，請恕妾身無禮。但誠如柳天雲大人所言，要成為通曉大義、頂天立地的男人，萬萬不可在溫柔鄉中淪陷，所以……」

「──喵哈哈哈，但是雛雪看到了喔！真的看到了哦！前幾天下大雨，渾身淋溼的學長跑進家裡時，明明正在洗澡的輝夜姬卻打開了浴室的門──不知廉恥地說出『請進來吧，柳天雲大人。是您的話，妾身願意承擔失去名節的風險。』這樣的話哦！」

「胡、胡說──」

「嘻嘻，妳的聲音心虛地發抖了哦！再舉個例子，上個禮拜呢──」

「雛、雛雪大人──!!別再說了、原諒妾身吧，是妾身失言了！」

三言兩語就逼得輝夜姬滿臉燒紅掩面大叫，雛雪不愧是怪人社戰鬥力最高的怪人。

看著眼前的鬧劇，桓紫音老師卻依舊沒有暴走制止的念頭，她就只是啜飲著番茄汁，雙手枕在腦後，也不知道在想些什麼。

「……」

終於在用完早餐、相繼收拾餐具後，眾人紛紛上樓，準備經過短暫的休息後，大家一起集合寫輕小說。

但始終坐在餐桌前的桓紫音老師，忽然叫住最後離開的我。

「……給。」

桓紫音老師將一罐全新的番茄汁在餐桌上向我推來。

我一怔，轉頭看向老師，卻看見她偏過頭去，露出不太坦率的表情。

「……收下吧，這可是最高級的鮮血。平常吾可不會輕易賞賜給其餘的黑暗眷屬哦，好好努力吧，如果能使吾開心的話，再賞賜汝也未嘗不可——」

「……」

我沉默，不知道該怎麼回答，只好點點頭，接過番茄汁。

回到樓上後，我打開番茄汁的拉環，仰頭喝了一口。

「……好甜。」

從「文之宇宙」那裡取回才能、文意、道心後，雖然已經兩年沒有寫作，但由於意境已經到達第五念，我的寫作能力在很短的時間內，就重新抵達顛峰。

幻櫻、輝夜姬、沁芷柔在高中畢業後，都選擇繼續求學，在附近的大學就讀。但因為大學的課程安排時間相當自由，所以她們依舊有相當多的時間，能夠與大家聚首。

在每天吃完早餐後，怪人社所有成員往往都會到齊，在一樓的和式客廳共同研究輕小說，一起談天說地，露出開心的笑容。

每當從旁邊靜靜觀察，望著大家的笑容時，我的內心也會升起難以言喻的幸福感。

……是啊，現在大家都很幸福。

……我沒有讓大家失望，當年拚了性命也想到達的「大家都能露出笑容的未來」，眼下就是現在進行式。

雖然時有爭執與吵鬧，但正因為那笑鬧與歡騰，才能組成怪人社的全貌。

不再有人痛苦落淚。

也不再有人成為光芒之下的暗影，犧牲自己的一切成為踏板，換來僅止於表面的歡笑與美滿。

因為此刻——那帶著幸福光暈的繽紛，已然成為眾人之間唯一的色彩。

在重返怪人屋三個月後，我參加了某間大出版社的輕小說比賽。這間出版社很少徵選新人，但旗下的作品時常改編為動畫與漫畫，人氣十分高昂。所以每年一度的大型投稿比賽到達時，投稿數目常常達到上萬。

怪人社的其他輕小說家，也都在這家出版社出過書。幻櫻、風鈴是比賽得獎，而輝夜姬與沁芷柔則是透過日常徵稿的模式進入。

而現在輪到我了。

因為太久沒有參加比賽，在投稿之前，我不禁產生小小的緊張。

對此，幻櫻在休息時不斷揶揄我。

「哼哼……你也會緊張嗎？沒問題的啦，畢竟這次比賽人家沒有參加。」

沁芷柔也進行了評論。

「你參加比賽的話，只是欺負別人而已吧？隨便打贏一些雜魚然後趕快過關吧。」

風鈴則雙手握拳，認真地朝我保證。

「前輩的話一定可以的！請鼓起勇氣往前邁進！」

對於她們誇張的描述，我只是淡淡笑著，然後搖搖頭。

「寫作者可以自信，但不能自滿。或許在世界上哪個角落，就存在著可以碾壓我的對手。」

於是，在極度的謹慎中，我將投稿郵件寄出。

投稿郵件寄出的隔天，忽然怪人屋裡的電話「鈴鈴鈴」地急促響起。

先接到電話的人是桓紫音老師，接著她將話筒轉交給我。

「是柳天雲老師嗎？由於您的作品實在太精采了，可否請您來出版社一敘？這裡想提前詳談簽約事宜。」

「……」

消息快到我有點吃驚。事後抵達出版社，我才明白原來是有個編輯無聊點開後，一看之下驚為天人，迅速轉告其餘編輯與總編輯，因為害怕在投稿期間，我與其餘出版社另行簽約，所以十萬火急地在隔天立刻致電。

而我的投稿作品，果然也順利得到首獎。

在公布得獎者的隔月，我的第一本作品順利出現在書店的架子上。站在書架觀看印著自己筆名的書背，內心頓時湧起無盡的感動。

而我的第一本作品，書腰上的作者宣傳也極盡誇張。

「十年內最強天才新人！」

「輕小說界的超新星！」

「或許將引領下一個寫作時代的少年！」

對於這樣的評論，幻櫻看到後哼了哼。

雙手抱著胸，她如此吐槽。

「喂！人家也算在十年內的範圍吧，這樣不就把人家比下去了嗎？」

雖然語氣有點不滿，但幻櫻的臉上卻滿是笑容。

看見幻櫻的笑容，受到感染，我也忍不住露出微笑。

……晨曦與柳天雲的寫作之爭，或許，日後將以另外一種形式得到延續。

正因為明白了這點，所以幻櫻的笑容，才會如此開朗與雀躍吧。

時光飛逝。

在怪人屋居住的日子，已經有大半年了。隨著最初的暑期飛逝，秋天也眨眼即過，轉眼又來到了冬天。

而在寒冷的冬季中，怪人屋迎來了首次全員到齊的新年。

全員到齊，這是意義相當重大的事。所以大家也特別為此慶祝。而為了節慶氣氛，大家也都穿上和服。

老師穿著剪裁合身的橘紅色和服，腰帶則是鮮豔的黃色。

雛雪則穿著淺黃色的和服，但領口微微敞開露出的乳溝，替整體增添了幾分色氣。

幻櫻是白藍相間的雪紋和服，身材嬌小的她，穿起和服就跟洋娃娃一樣可愛。

風鈴則穿著盛開花紋的粉色和服，頭上依舊戴著貓咪頭飾。

沁芷柔的和服則是白綠黃相間，乍看之下色彩繽紛，卻不會顯得太過華麗，反而十分嫻雅。身為雜誌模特兒的她，和服看起來也是最貴最時尚的一個。毛茸茸的白色披肩覆蓋在和服之上，而腰部則用黑色鑲金腰帶綁起，襯托出那纖細的腰身。

輝夜姬因為平常就是和服，所以倒也不用特地更換。

在一樓寬敞的客廳裡，大家將桌椅搬開，留出中間的空間後，眾人打起了板羽球。

板羽球是一種用拍子擊球到達對方領域的遊戲，球在己方領域落下的話，就算失去一分。

穿著和服打板羽球，總感覺特別新鮮，也相當方便行動。

在遊戲過程中，因為接連戰敗的緣故，我的左眼上被用毛筆沾墨畫了一個黑色的圈，以及兩側臉頰被畫上貓咪般的三撇鬍子。

「喵哈哈哈……學長看起來的樣子好奇怪，簡直就像貓一樣！」

「——我才不想被『喵喵』叫承認自己是發情母貓的人這樣吐槽！」

先不提根本沒有資格捧腹大笑的雛雪……

……但其他人的板羽球技術也太強了吧！一直在輸的根本只有我嘛！

事後，我向風鈴打聽消息，才瞭解到她們之前過新年也都會打板羽球，面對新手的我，能夠技術碾壓也是很正常的事。

「前輩請不要氣餒！風鈴去年在這裡過新年，臉被畫到已經認不出是誰了哦……」

風鈴雖然笑著安慰我，但我越聽越不忍心。

「是誰下這麼狠的手……」

「啊、狐媚女，妳現在有空對吧。接下來跟本小姐對打吧！」

「……」

我無言地望向沁芷柔，而她則挑起眉毛，顯然對於我的目光感到不解。

……凶手原來是妳啊！

新年也順利度過後，在兩個月過後的二月十四那天，因為是情人節，這天早晨我起床後，身邊忽然多出滿滿的巧克力。

「呃……又不是聖誕老公公送禮物……為什麼一起床就收到這麼多巧克力啊……」

除了我原先睡覺的人形範圍之外，整張床上都已經被塞滿巧克力，堆得像小山一樣，那重量迫使床身有些下陷。

不過怪人社成員的怪，不可以用常理推斷。就算在情人節收到火雞，我也必須滿臉笑容地接受，不然只會聽見讓觀念又一次崩潰的新奇理由。

我起身開始拆巧克力，在大致清點一遍後，發現——

「每個人都送我巧克力了……」

是的。

每個人。

風鈴、雛雪、幻櫻、沁芷柔、輝夜姬、桓紫音老師，每個人都送了複數的巧克力過來。光是雛雪的就有兩百八十個，幻櫻兩百個，風鈴一百八十個，輝夜姬一百八十個，沁芷柔一百八十個，就連桓紫音老師也送來了三十個。

數量未免也太多了吧！

「那些傢伙是打算讓我因為吃巧克力突變成巧克力怪人嗎？」

雖然對此不斷湧起心中吐槽的衝動，但我還是充滿感激地收下了。

不過，在刷牙洗臉清醒過後，我忽然又意識到某件事。

「話說回來，巧克力分為義理以及本命兩種對吧……她們送我的是屬於哪種呢？」

我首先想到幻櫻，然後很快確信。

「嗯，是本命巧克力吧。」

又想到常常向我撲來的雛雪。

「這個也是本命巧克力。床頭那一堆貓貓形狀的大概就是她送的。」

接下來是風鈴。溫柔婉約的她，追隨於我的身邊，始終無怨無悔。

「嗯……風鈴的，也是本命巧克力。」

然後是輝夜姬。

散在床腳的眾多紫色小包袱，明顯就是輝夜姬的手筆。每個紫色小包袱裡除了巧克力之外，都附上紙條再三強調「在平安時代，是沒有巧克力的。但因為是柳天雲大人，所以妾身願意學習現代的禮節與文化。」這樣的紙條。

好吧……平安時代，嗯我懂我懂。

最後是桓紫音老師，她的蝙蝠造型巧克力，足足有三十個。

對於桓紫音老師的巧克力，思及當年在畢業旅行時、能給予戀愛建議的青蛙魔杖的言語，經過長久的沉默，對著某種起步慢於眾人的真相，我產生了理解與了然。

偶爾，我會回到已經辭職的牛丼店，與老闆談上兩句，他的笑容就像以前一樣爽朗。

「上次我看見你與一群女孩走在一起……比年輕時候的我還要多情，好小子，真是深藏不露啊！」

面對老闆的揶揄，我只能苦笑。

但更常接觸的卻是「天使之翼」育幼院。在這裡，我替小女孩冴子補完了《亞亞姆歷險記》的故事，看著她又驚又喜的表情，我忍不住露出微笑。

「謝謝你，大哥哥！」

《亞亞姆歷險記》在我進行補完後半後，故事已經能稱得上圓滿。

抱著完整《亞亞姆歷險記》的冴子，她興奮地跑向自己的玩伴們。看著那身影，我明白了……圓滿的或許不光是故事本身，更是一段曾經抱憾的童年回憶。

「……」

而在我某次與風鈴一起去附近的書店進行新書發表會時，偶然看見混雜在臺下人群裡的眼鏡男。昔日趾高氣揚的他，現今只餘急忙迴避視線的徬徨。對此，我只是搖搖頭……曾經與他發生的不快，早已化為沉默中的過往雲煙。

最值得一提的，可能是金髮小混混以及其跟班。

因為縱火罪的罪名遭到證實，加上新犯的竊盜罪，原本就延後畢業的他們，被迫從高中退學，並且被關入少年監獄。據說刑期至少是十年以上……在刑期感化過後，他們或許會迎來另一段新生。

「……」

至此，往事已經沒有了遺憾。

月有陰晴圓缺，人生亦如是。或許日後並不會一帆風順，也會遭逢悲傷與淚水，但只要與夥伴們一起面對，那無論碰見什麼樣的險境……一同邁向未來的勇氣，就會始終閃耀於眾人的心中。

然而，如果將目光轉向現在，最令人煩惱的卻是「情人節必須送回禮」這件事……

因為這種事，在過去通常與我毫無關聯，所以我上網搜尋大家的建議。望著放置在房間桌上的筆記型電腦，我讀出網頁上的解釋。

「如果男生在二月十四日的情人節收到巧克力，那就必須在三月十四日的白色情人節做出回禮，一般都是給餅乾或糖果，但回送巧克力也是可以的……」

「而依據回送的禮物不同，代表的意義也不一樣。餅乾等於『我們當朋友吧』，糖果與巧克力就是『我也喜歡妳』的意思……」

「所以說，為什麼要這麼麻煩呀！情人節分成兩種就算了，連禮物都有潛在用

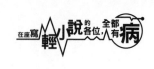

意，未免太累人了吧！」

一邊唉聲嘆氣，我思考著如何回應怪人社夥伴們的心意。

實際上，這是非常困難的問題。

「她們送了我那麼多巧克力，我要回送多少才夠？」

再次上網搜尋，卻沒有人有相關經驗。

所以我只好上匿名網站發問。

「沒想到網路也不可靠！我只是上網發問『如果收到六個人共一千零五十個巧克力該怎麼回禮』，居然這麼多人罵我是大花心鬼，這像話嗎！一群可惡的嗜血魔鬼網友！」

事已至此，我只好悻悻然地關掉電腦，打算靠自己解決。

……該來的終究會來，裝傻也混不過。

這是我繼小時候的書法後，最新得出的感悟。

帶給我巨大內心壓力的白色情人節——也就是三月十四日這天，終於到來了。

這天光是起床坐到早餐餐桌前，我就感受到少女們虎視眈眈的目光。

因為實在受不了她們的眼神，於是我從口袋裡把巧克力拿出。

但一看到我拿出的巧克力，好幾位少女卻立刻發出大叫。

「只有一個！」

沁芷柔發出驚呼。

「只有一個……」

風鈴也如此遲疑。

「只有一個——」

輝夜姬雖然以袖子掩面，但眼睛卻盯著巧克力不放。

「只有一個。」

桓紫音老師看了看我，輕輕抿起下脣。

因為我只拿出一個巧克力，怪人社的成員們亂成一團，就像往常那樣，迅速變得吵鬧起來。

而在爭吵的過程中，先是雛雪向我靠來時不小心摔倒——然後雛雪又絆倒了沁芷柔，沁芷柔又絆倒了風鈴，風鈴又絆倒了輝夜姬，輝夜姬又絆倒了幻櫻以及桓紫音老師。原本就距離很近的少女們，在這一刻，居然全部像骨牌那樣倒成一團。

而我則被一堆柔軟的身軀壓在最底下，想要爬起身，但因為堆在上面的人實在太多，根本無法辦到。

於是我索性躺在地上不動。

正因為明白「以巧克力在白色情人節回禮」代表的意義，就算維持這種七手八

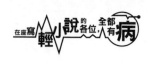

腳摔成一團的姿勢，怪人社的少女們依舊吵鬧個不停，所談盡是巧克力的歸屬。

「柳天雲，你的巧克力要給誰——!!快說！」

「前輩、那個……」

「學長，巧克力肯定是給雛雪的對吧？是給雛雪的哦！」

「弟子一號！你這個花心大蘿蔔！」

「柳天雲大人，雖然平安時代三妻四妾也是十分正常的事，但正妻還是必須有個名分，所以……」

「零點一，咳咳……嗯，吾什麼都沒說。」

「……」

依然躺在地上動彈不得的我，慢慢靜下心來，並且透過少女們交疊在一起的肢體之間的空隙，將視線投向窗外。

再次來到櫻花盛開季節的此刻，隨著窗外吹過的風，我看見滿天的櫻花花瓣慢慢飄過。

由於那櫻花花瓣太多也太密集，令人腦海裡不禁勾勒出某棵巨大的櫻花，鋪天蓋地盛開的的景象。

順著托起櫻花的微風，我看向幻櫻家裡的方向。

「這樣啊……經過多年的努力，你終於開花了嗎？」

伴隨著笑容，耳聞眾少女的逼問，我心中終於有了決定。

「我的巧克力要給……」

用最真誠的態度，我將巧克力要給予的對象說出。

當我說出要給誰後，怪人社眾人忽然陷入一片寂靜。壓在我上面的她們，因為極端的驚訝，身體也不再掙扎扭動了。

將視線重新投向窗外，我看著越飛越高、越飄越遠的櫻花花瓣，目睹其朝著耀眼的青天不斷接近，不禁再次露出微笑。

（在座寫輕小說的各位，全都有病　全文完）

番外篇

七六四二三四與轉轉時光君

七六四二三四，這名晶星人男性，是晶星人中的科學權威。比外表看起來還要年老的他，實際上只剩下一百歲左右的壽命，但他那漫長的人生，卻始終溫和與慈祥。

心地善良的七六四二三四，對於晶星人女皇拿地球人取樂的舉動感到十分不忍。但隨著晶星人女皇拔起宇宙艦隊返回母星的命令發下，七六四二三四也只能在沉默中隨行。

被迫遵從女皇命令的他，為了讓女皇能在三百年後回到地球時，得以觀看某個名為柳天雲的地球人的痛苦一生，所以在南極冰海的最深處，七六四二三四設下了名為「轉轉時光君」的記錄儀器。

這個記錄儀器，能夠跨越整個地球的範圍，追蹤拍攝柳天雲痛苦的一生，直到其壽終正寢老死為止。

會提出這個建議，是善良的七六四二三四，留給柳天雲的最後機會。如果那個地球人能夠以自身的執著改寫一切——進而戰勝命運……或許，他就能從那悲願的囚籠中，靠著自己的力量脫身而出。

「……那個地球人，現在怎麼樣了呢？」

對此感到好奇與擔憂，七六四二三四透過宇宙船前方的駕駛窗口，扭頭看向身後的地球方向。

南極冰海最深處。

因為可怕的低溫，幾乎沒有生命能夠到達此地，就連微生物在這裡都為之卻步，但在某個偏僻的角落中，某顆不起眼的石頭下，卻隱藏著某臺偶爾會閃動紅芒的記錄儀器。

記錄儀器不過十公分大小，但卻忠實地不停執行主人離去前留下的任務——監視某個地球人少年，記錄其一生，並儲存於記憶體中。

「……」

如果將視線拉近，可以看見記錄儀器的小小畫面上，此時也正放映著某個少年的特寫畫面。

那少年擁有梳得整齊的黑色短髮，長相並非特別帥氣，但他的眼神中，卻彷彿經歷過無數滄桑那樣，帶著遠超越同齡人的成熟。

如果細心觀察的話，會發現他的左腳有些不靈活，似乎昔年受過傷勢，在經過長期復健後，現在只剩下些微影響。

值得一提的是，少年明明在大街上行走，卻有無數扛著攝影機的記者追逐著他，並且不斷提出疑問。

「柳天雲老師、柳天雲老師，請您等等！」

某個男性記者將收音器湊到少年身旁，像是害怕對方跑掉不見那樣，急忙提出心中的問題。

「柳天雲老師，請問身為超級暢銷作家的您，正在與四名美少女輕小說家同時交往的傳聞是真的嗎？聽說您還與某名可愛的插畫家與漂亮的編輯也傳出過緋聞？以及現在與上述六名少女都處於同居狀態？」

那許許多多的記者，或許是急於取得新聞題材，又或許是八卦心作祟，所以都圍繞著類似的問題拚命追問。

被稱為柳天雲的少年，這時候像是被問得煩了，他嘆了一口氣，忽然在人行道上駐足停下。

因為原先的腳步十分急促，有好幾位記者差點撞上柳天雲，他們趕緊跟著停下腳步。

只見柳天雲慢慢回過頭，對著記者們道：「我沒什麼可以說的。」

問。

眼看對方終於願意說話，一個比較機靈的記者立刻調轉了話頭，拐著彎繼續發

「那麼柳天雲老師，您與幻櫻、風鈴、雛雪、沁芷柔、輝夜姬、桓紫音這些對象是什麼關係呢？能請您簡單說明一下嗎？」

聽見那機靈記者的提問，柳天雲一怔。像是已經很久沒有思考過這方面問題，想了足足十秒後，柳天雲才慢慢露出微笑。

「是巧克力的關係。」

巧克力的關係？一群記者你看我，我看你，卻沒有人能聽懂這句話。

但柳天雲也不管他們能不能聽懂，只是維持溫柔的微笑，慢慢把話說下去。

「之所以這麼說，是因為某一天，我把一塊巧克力分成了六塊……」

略微一頓後，柳天雲看看怪人屋的方向，接著再看向天空——看向那無垠的宇宙——看向更深更遠的某個地方。

「因此……」

接著，柳天雲把最後一句話語出口。

「因此……現在我與她們擁有的，是三百年後，也能被人見證的幸福。」

（番外篇　完）

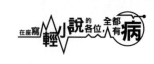

後記

大家好，我是甜咖啡。

在替《有病》系列寫下「全文完」這三個字時，內心的感慨，實在難以言喻。

三年多以來的連載，超過一百二十萬字的故事架構，最終一切能圓滿落幕，實在非常感激大家一直以來的支持。

有你們在，才有今天的咖啡與《有病》。

在《有病》這部作品中，每個角色隨著故事推進，都逐漸成長了。咖啡很喜歡這種感覺，我希望將角色寫活，使他們誕生屬於自己的意志，進而建構似真亦幻的筆下世界。這樣的話，讀者也會因其真實……從中收穫更多感動吧。

雖然本作品完結，咖啡感到萬般不捨……但天下無不散的宴席，在最佳的劇情時機點，讓這個系列完結，我想是《有病》最好的道別方式。

雖然宴席散了，但怪人社的大家，柳天雲、幻櫻、雛雪、風鈴、輝夜姬、沁芷柔、桓紫音老師等人，想必會在他們的世界中，繼續活躍下去。

那是只屬於他們的旅途。

而現在，輪到另一批人要展開旅行了。咖啡之後預計撰寫的新作品，是個有趣的治癒向故事，希望大家會喜歡。

如果看完《有病》系列，有心得想要分享的話，也可以來粉絲團向咖啡說哦。粉絲團同時也會分享新作品的書訊，應該幾個月內就會公開新作品。

粉絲團連結：

https://www.facebook.com/8523as/

那麼，我們下一部作品再見。

國家圖書館出版品預行編目資料

在座寫輕小說的各位，全都有病12 / 甜咖啡作.
-- 1 版. -- [臺北市]：尖端出版：家庭傳媒城
邦分公司發行, 2019. 08-

冊； 公分

ISBN 978-957-10-8612-5 (第12冊：平裝)

863.57 108007689

浮文字
在座寫輕小說的各位，全都有病12

著　　者／甜咖啡
榮譽發行人／黃鎮隆
經　　理／洪琇菁
執行編輯／曾鈺淳
企劃宣傳／楊玉如、洪國瑋
封面插畫／手刀葉
總 經 理／陳君平
國際版權／黃令歡、梁名儀
美術編輯／李政儀
內文排版／謝青秀
文字校對／施亞蒨

出　　版／城邦文化事業股份有限公司 尖端出版
台北市中山區民生東路二段一四一號十樓
電話：（〇二）二五〇〇—七六〇〇
傳真：（〇二）二五〇〇—二六八三
E-mail：7novels@mail2.spp.com.tw

發　　行／英屬蓋曼群島商家庭傳媒股份有限公司城邦分公司 尖端出版
台北市中山區民生東路二段一四一號十樓
電話：（〇二）二五〇〇—七六〇〇（代表號）
傳真：（〇二）二五〇〇—一九七九

中彰投以北經銷／楨彥有限公司（含宜花東）
電話：（〇二）八九一九—三三六九
傳真：（〇二）八九一四—五五二四

雲嘉經銷／智豐圖書有限公司 嘉義公司
電話：（〇五）二三三—三八五二
傳真：（〇五）二三三—三八六三
客服專線：〇八〇〇—〇二八—〇二八

南部經銷／智豐圖書有限公司 高雄公司
電話：（〇七）三七三—〇〇七九
傳真：（〇七）三七三—〇〇八七

一代匯集／香港九龍旺角塘尾道六十四號龍駒企業大廈十樓B&D室
電話：（八五二）二七八三—八一〇二
傳真：（八五二）二五八二—一五二九
E-mail：hkcite@biznetvigator.com

新馬經銷／城邦（馬新）出版集團Cite（M）Sdn. Bhd.
E-mail：cite@cite.com.my

法律顧問／王子文律師 元禾法律事務所
台北市羅斯福路三段三十七號十五樓

二〇一九年八月一版一刷
二〇二一年九月一版三刷

■中文版■